十村记

精准扶贫路

主编——刘伟　　副主编——纪红建

十八洞启航

杨丰美　曾小颖　彭广林　著

湖南教育出版社

十村记：精准扶贫路
丛书编委会

主　编：刘　伟

副主编：纪红建

编　委（排名不分先后）：

总　序
扶贫路上伟大的历史足迹

　　贫穷，在不少的时候，是中国社会的历史包袱。因为贫穷，中华民族经历了许多的磨难和屈辱。因此，与贫困的抗争，一直是中国社会无法回避的难题。中国共产党人的革命，也是伴随和追寻着要独立、反饥饿与求生存、谋幸福开始的。最近十年来，在当下的中国，一个伟大的扶贫行动，最终要实现全面脱贫目标的攻坚行动，在以习近平同志为核心的党中央的坚强领导下，在全国很多地方全面持续展开。这是中国历史上直面贫穷展开的伟大反贫困奋斗故事，也是人类历史上最大规模务实和精彩的减贫脱困故事。这套题为《十村记：精准扶贫路》的报告文学丛书所展现的多样丰富内容，就是这些精彩故事的真实动人呈现，是中国乡村社会历史巨变的真实记录，非常具有现实和历史的意义。

　　在全国各地展开的扶贫故事，其丰富的表现情景各不相同，色彩斑斓。《十村记：精准扶贫路》创意性地选择习近平总书记多年来调查研究，并针对实际情况提出科学合理扶贫论述的十个村子为对象，邀请作家分别深入采访，真实形象描绘其各具个性的脱贫情形，还原经验教训，很好地呈现出中国扶贫脱困的艰巨多样和令人振奋的场景，十分具有解析再现和总结作用。习近平总书记说："40 多年来，我先后在中国县、市、省、中央工作，扶贫始终是我工作的一个重要内容，我花的精力最多。"种子在厚土中发芽生长，情怀在内心滋生延伸。青年时在陕北梁家河的基层农村生活经历，是习近平认识感受贫穷压力的开始，也是他立志扶贫改变人们贫困生活处境愿望的发端。这种情系苍生、悲悯贫弱的心怀，体现出一种崇高纯粹的精神和宽广益世的情怀。正因为如此，才有习近平 40 多年间的许多扶贫故事，才有党的十八大之后，全面展开的扶贫攻坚、精准扶贫的火热奋斗场景。《十村记：精准扶贫路》，用分散在全国各地的十个贫困村中真实鲜活的人物、乡村命运改变的故事，让我们深入具体地看到了总书记持续不断、真诚投入、现场指导、灵活施策、科学决断的行动；在很多扶贫干部无私、智慧地开拓中，贫穷地方不断减除贫困的过程中，感受到党员干部情系人民福祉的情怀，落实"人民对美好生活的向往，就是我们的奋斗目标"的自觉行动。这些真实形象的记述，为中国历史，留下了深刻立体的脱贫印记。

存在于各地的贫困情景，各有其原因，但大多都因为山高沟深、偏远封闭、环境恶劣、交通不畅、教育落后、观念陈旧等。像福建宁德的赤溪村，村民雷程祖就感叹说，他们是"穷在山上，穷在路上，穷在娶不上媳妇上"。这个挂在半山腰的村子，曾经穷得婆媳共衣裤遮体，全家没有一只像样的碗，人畜同茅屋，过着像原始部落般的日子。山西岢岚赵家洼的村民，过去因为穷困，常年蜷缩在碎砖烂瓦垒砌的破房子内，吃不饱穿不暖，很多人成了"刮野鬼"，到处游荡。在河南兰考的张庄，历来"风沙、内涝、盐碱"三害严重，一年三灾，三年大旱，四年大涝，麦尽干枯，秋禾无望，四野一空的情形多年难变。陕西耀州照金的人们，虽在革命老区，可多年贫困，生活艰辛，房屋破旧，人们时常担心雨天房屋漏雨。在河北阜平骆驼湾村，因为土地贫瘠零散，耕种不易，加之山路难行，贫困成了最经常的表现。在安徽金寨的大湾村，饥饿是最深的记忆。在贵州遵义的花茂村，过去人们"生一次病，要半条命。没有钱望（看）啊"。在四川大凉山的三河村，在湖南湘西花垣的十八洞村，在江西井冈山的神山村，虽然都有美丽的风景，可是因为出门的路啊，阻且长，变成了美丽之困，人们多年来只能用双脚丈量风雨苦难……这些密切联系着人们生老病死的日常生活贫困情景，述说着一家家、一个个人伴随贫穷困苦生活的经历和命运表现，说起来都令人哀伤和感叹！这种锥心刺骨的民瘼，是以"人民至上，生命至上"为治国理政理念的党和政府最为牵挂的重要内容。也正是党的十八大以来，从中央到地方，坚决努力扶贫攻坚，实现脱贫补短板，为全面建成小康社会而奋斗的根本所在。

多年以来，在中国当下的扶贫解困道路上和故事中，习近平同志无论是在地方还是在中央，是作为地方干部还是作为党和国家领袖，都担当着重要的设计和"导演"的角色，使这样伟大而艰巨的工程持续推进并获取辉煌的成果。各处的贫穷困境，是多种原因造成的，绝非喊口号、说大话等可以改变的。在中国扶贫脱困的长期过程中，40多年来，习近平同志不辞劳苦，深入很多偏远偏僻山村，身体力行，持续关心，实地考察调研，用许多的行走和实践书写了"习近平的扶贫故事"。习近平同志曾说："我去了中国很多贫困地区，看望了很多贫困家庭，他们渴望幸福生活的眼神和不怕苦不怕累的奋斗精神，深深印在我的脑海里。"在一份介绍赤溪村扶贫的文件上，他强调脱贫攻坚要"艰苦奋斗，顽强拼搏，滴水穿石，久久为功"；在大湾村，他指出，打好扶贫攻坚战，要采取稳定脱贫措施，建立长效扶贫机制，把扶贫工作锲而不舍抓下去；在十八洞村，他提出，我们在抓扶贫的时候，切忌喊大口号，也不要定那些好高骛远的目标，扶贫攻坚，就是要实事求是，因地制宜，分类指导，精准扶贫；在花茂村，他勉励大家，心往一处想，劲往一处使，汗往一处流，共同把乡亲们的事情办好。在这些贫困村子里，习近平同志像一个农民的朋友、邻居、亲戚，也像一个知兵懂战的统帅，与村民、干部促膝话桑麻，共谋脱贫计。他提出了许多务实具体的意见，筹划了很多事关全局的扶贫策略。正是这些具体建议和全局策略，为各地的扶贫干部和村民指出了行动的方向和道路，使扶贫工作扎实开展推进。《十村记：精准扶贫路》所记述的大量扶贫故事，都是总书记扶贫目标愿望的真实写照，都是精准扶贫故事的美丽演绎，令人感受深刻，心生敬意！

优秀的文学创作，一定是有价值的书写，是对社会生活发展和人们命运改变的热情关注。《十村记：精准扶贫路》这部通过现场采访，分别描绘各地不同扶贫脱贫真实情景的报告文学丛书，是对中国历史空前的反贫困行动的自觉融入和靠近，表现了作家有益的现实文学追求精神，是实现文学"经世致用"，追求历史书写的很好成果。这十部作品题材现实，格调温情，风格质朴，语言平实，作家分别用线性串联的，或是故事组团式，或是历史人物命运变迁等网络交叉结构叙述，在各地贫困乡村人们生活环境和自身命运的变化过程中，真实地表现了历史的重大跨越，讲述了中国当代的精彩脱贫故事，是一种非常有价值的中国乡村历史文学记述。

《十村记：精准扶贫路》的诸位作者，深入扶贫一线，与村民和扶贫干部倾心交谈，在扶贫项目点上直接观察，分别具体形象地描述了各地人民修路、通水、通电、开展林果种植、畜牧水产养殖、利用自然环境和社会资源开展旅游、搬迁新村等努力摆脱贫困的行动过程，其间充满繁复曲折、艰辛奇趣、汗水欢乐，内容非常丰富而动人。看到作品中许多村民告别贫困和艰辛命运后浮现到脸上的笑容，讲述新生活时开心的话语，令人非常欣慰。这一切的到来，依赖于领袖的决策引导，也与当地扶贫干部和村民的不懈奋斗密不可分。作品在客观真实地叙述了这些村子致贫原因和经过艰难努力脱贫情形的同时，对很多扶贫干部的忘我开拓的精神，村民摆脱贫困的渴望、配合投入的行动给予细致描绘，使很多的矛盾纠纷和解决处理过程成为有趣的真实文学故事，具有生动形象的戏剧性感染力量。在不少地方，作家的观察思考，如对于兜底脱贫、对于有些村民搬迁之后如何发展生产与就业等问题的思考，也有益于作品内容的丰盈，令人印象深刻。

《十村记：精准扶贫路》的策划、创作、出版过程，富有个性，是以小见大，以局部侧映全局，以真实生动的精准扶贫故事表现领袖的扶贫情怀、国家的扶贫行动和伟大成果的精心出版活动，创意、实施、结果、影响等，都十分值得点赞。

是为序！

中国报告文学学会常务副会长　李炳银

2020 年 6 月于北京

编者序
于波澜壮阔之中，书感人肺腑之事

2017 年 8 月，北京天气很热。一个清秀的小伙子来找我，说是经朋友介绍，请我出面组织编撰一套书。他，就是湖南教育出版社的编辑杨宁。

杨宁拿出一份选题策划方案，是有关丛书出版的初步构想。丛书初拟书名是"足迹——精准扶贫路"，准备写习近平总书记以扶贫为主题视察过的一批乡村，希望沿着习近平总书记的扶贫足迹，以点带面地展示中国的扶贫成果。

我看了以后，感觉这是个很好的图书选题策划。全面小康、精准扶贫是近些年来非常重要的工作。2012 年 11 月召开的党的十八大，提出了确保到 2020 年实现全面建成小康社会宏伟目标；2013 年 11 月 3 日，习近平总书记在湖南湘西十八洞村首次提出"精准扶贫"的重要论述。经过几年的努力，扶贫工作已经取得了一定的成效，我们离全面建成小康社会的目标更近了。这个时间节点，策划这么一套书，政治敏锐性强，市场定位高，出版时机好。

我欣然接受邀请，答应担任这套丛书的主编。

不过，我提出，以"足迹"方式，略显直白，书名还得有文气，接地气。在后来与杨宁的交流中，我建议以纪实的方式撰写，报告文学更好，便于作者基于真实素材而发挥。在习近平总书记视察过的贫困村中选择十个扶贫难度有代表性的、扶贫成果显著的、在全国有示范效应的村子来写：湖南十八洞村、江西神山村、陕西照金村、福建赤溪村、河北骆驼湾村、安徽大湾村、河南张庄村、贵州花茂村、山西赵家洼村、四川三河村。丛书书名改为《十村记：精准扶贫路》，出版社领导和杨宁也接受了。

2018 年 8 月，湖南教育出版社启动丛书编写会议。我和大部分作者赶到长沙，在湖南教育出版社副社长黄永华主持下，我们就丛书的定位、体例、框架、写作风格等进行了讨论。出版社党委书记、社长黄步高提出，要选取精准扶贫成功的典型故事，内容要有可读性，体现专业性。会议确定了基本撰写方案。当时获知，丛书已列入国家"十三五"重点出版规划项目。

2019 年 4 月，我们邀请了众多业内专家在北京举行了初稿评议会。来自中国出版协会、全国扶贫宣传教育中心、中国当代文学研究会、中国报告文学学会、中国图书评论学会及《文艺报》《中华读书报》《中国扶贫》《闽东日报》等单位的专家与会。这些报告文学、扶贫宣传等领域的专家就丛书初稿认真地给予了评价，既有肯定，也指出不足，甚至就一些比较肤浅的文字表达，进行了尖锐的批评，同时提出了十分中肯的修改意见。

会后，杨宁整理了专家意见，发给了我和各位作者。不少作者根据需要又深入村里进行了补充采访，然后对书稿进行较大规模的修改和完善，切实提高了丛书的整体质量。

丛书作者多是请光明日报社驻地记者站推荐，有的是我推荐。作者要有相当的写作能力，尤其是要有深入采访及驾驭纪实类作品写作的能力。

比如，《十村记：精准扶贫路——张庄之问》的作者刘先琴，是光明日报社资深记者，之前还担任过《中国青年报》记者，采访调研能力极强，善于抓大题材。她也是知名作家，身兼河南省作协副主席，除了新闻报道，还出版过十几本散文和报告文学集，她的《玉米人》获第十三届精神文明建设"五个一工程"奖，《今生有缘》获首届杜甫文学奖。《十村记：精准扶贫路——赵家洼的消失与重生》的作者是《山西文学》主编、山西省作协副主席鲁顺民。他当过中学语文老师，后来成为职业文学编辑和作家，出版过散文、报告文学集，获得过赵树理文学奖。《十村记：精准扶贫路——赤溪清水流》的撰稿人胡银芳，是很特别的作者，出版过报告文学、长篇小说等。当然，除了北京广播电台高级记者、作家的身份，她也是福建省宁德福鼎市贯岭村的媳妇，她的婆家与同在福鼎的"中国扶贫第一村"赤溪村相距不远。宁德曾是全国十八个集中连片贫困地区之一，习近平同志曾在此担任过地委书记。在宁德工作时，习近平同志提出过"人穷志不穷""滴水穿石"，写下了《弱鸟如何先飞——闽东九县调查随感》。胡银芳在《十村记：精准扶贫路——赤溪清水流》一书的第一章就写到她这个北京女性"回婆家"的感触。"在后来的三十多年里，无论是采访还是旅行，无论是国内还是国外，我总把宁德的贫困山区和我所到的任何一个乡村作比较。但是，这种比较通常的结论都是——宁德，美丽而贫穷。"正因为她有在闽东生活的经历和感受，所以对赤溪村的描写十分细腻，情感流于字里行间，读来分外感人。

《十村记：精准扶贫路》十本书的作者，都多次到所写的村落采访、调研，深深地感受到这些贫困地区自然条件之差、交通之落后、风俗之难移……十个村落的扶贫经历，折射了中国艰难曲折的扶贫脱贫奔小康的历程。十个村的故事和人物，看似平平淡淡，实则是人物鲜活生动，故事感人肺腑，历程波澜壮阔，在中国扶贫攻坚、实现全面建成小康社会的历史中，留下了十分可贵的、真实的记录。

十本书的作者，个个都有深刻的社会观察能力，都有较强的写作能力，且都有专著出版，我就不在此一一介绍。

这些作者所写到的村落史、人物志，以及他们采访撰写的认真精神，无不令我感动。还有编委会的专家：湖南省扶贫办副主任赵成新、湖南教育出版社总编辑刘新民及丛书的副主编——知名作家纪红建等都在编写过程中做了许多工作。在这里，我要向作者、专家和湖南教育出版社领导、责任编辑杨宁及其他编辑表示真诚的感谢。

《十村记：精准扶贫路》即将付印之际，欣闻丛书入选中宣部 2020 年重点主题出版物，这是对我们工作的初步肯定。希望通过我们的讲述，能让更多人看到扶贫攻坚中的感人故事。

光明日报社原副总编辑　刘伟

2020 年 6 月于北京

目　录

引言

11·3 的十八洞

>>

2013 年 11 月 3 日，历史清晰地记住了这一天。

在湖南省湘西土家族苗族自治州（以下简称"湘西州"）花垣县双龙镇十八洞村（原属排碧乡）村支书施金通的记忆中，再没有比这一天更刻骨铭心的日子了。他清楚地记得，那天的雨下得不小，到中午都没有要停的迹象，淅淅沥沥的雨声响遍整个十八洞村，直到下午 3 点多才戛然而止。

已经下了好几天的雨终于停了，云层渐退，山谷间的清风拂过，冬日的暖阳穿过薄薄的雾气，和煦明丽地照进每一座民房，每一面泥土墙都散发出大自然的芬芳。施金通的眉毛也慢慢舒展开来，"冬天的太阳，难得啊，是个好日子！"

后来他才知道，这一天，何止是对于十八洞，对于全国，都是一个值得纪念的大日子。

一大早，时任湘西州州长便来到十八洞村。州长简单地告诉施金通有"领导会来"，让他汇报时"把情况说得全面些、真实些，有什么说什么，不要掺假"。

施金通连忙通知梨子寨的村民，让乡亲们暂时别外出干活。当时乡亲们哪管那么多，有些村民，包括施金通的父亲，都还是扛着锄头，夹着镰刀，照样下地干活。

下午 4 点多，在十八洞村村口，施金通终于见到了湘西州州长所说的"领导"，竟然是——习近平总书记。

施金通惊讶不已！梨子寨的所有村民都惊讶不已！

大巴在十八洞村少有的一块平地上停稳，习近平总书记踏上了十八洞村的土地。对于施金通来说，这稳健的脚步仿佛是从电

视里跨出来一般,梦想照进现实,一双温暖而有力的大手握上了他的手。

习近平总书记一行走上梨子寨前长长的斜坡,来到了苗家阿婆石拔专的家中。石拔专家是十八洞村的特困户,居住的木屋四壁黝黑,一眼可见时代久远,除了一盏节能灯,屋内没有其他电器。石拔专既不识字也听不懂普通话,习近平总书记上前和她交谈的时候,是施金通在一旁当的翻译。

十八洞村是一个藏在湘西大山深处的小村庄

"那天下午村里来了好多人，我也不晓得来的是哪个，就坐在屋门口瞅着。不一会儿，一群人走到我家门前，走在前面的那位身材魁梧，面带微笑，问我这是不是你屋，我讲是的。他问可不可以到屋里坐下子，我说可以可以。"多年后，谈及当时的场景，石拔专开心得眼睛都藏进了脸上的褶皱里。

在石拔专家，习近平总书记看得很仔细：翻开铺盖，拍了拍被子；打开米缸，看看里面的存粮；还用手敲了敲谷仓，听声音看粮仓是不是满的，还特意看了厨房和厕所。得知石拔专的年龄后，习近平总书记笑着说自己比她小，得管她叫大姐。

之后，习近平总书记与石拔专以及她老伴施齐文围坐在火炉旁，拉起了家常。

石拔专对来人的身份比较好奇，习近平总书记便亲切地握起坐在右手边的石拔专的手，说自己是"人民的勤务员"。

几乎将里里外外都看了一遍，习近平总书记一行这才出门，走向了另一条小巷子。

巷子的当头是杨东仕的家。

那日，杨东仕和平常一样，坐在家里看电视。看到下午4点多钟，他直起身，准备出去走走透透气。这初冬的空气虽透着凉意，却可让混沌的精神振奋起来。杨东仕想让自己头脑清醒些，却不料会见到这辈子做梦都没想到会见到的人。

杨东仕虽然七十好几，眼神却不错。刚出了大门，他就隐隐约约看到远处来了一些人，从未有过地热闹。再定睛一看：啊呀，那不是习近平总书记吗？

杨东仕是位退休教师，常常看电视新闻，也常常在电视里看到习近平总书记。"不可能啊，习近平总书记怎么会来这里？"他简直不敢相信自己的眼睛，使劲地揉了揉，"没错，就是习近平总书记！"

杨东仕既兴奋又激动，他站在家门口一动不动地怔住了。正当他惊讶不已的时候，习近平总书记一行已经来到他的家门口，一双双温暖的大手握上了他这位教书先生的手。

习近平总书记不仅到了杨东仕家，还走家串户，访贫问苦，到了不少村民的家。习近平总书记的到来让这个高寒山区变得暖意盈盈。

习近平总书记一行来到施成富家，从他家放眼望去，远处是深峻的峡谷、苍苍莽莽的群山。

站得高，望得远。站在施成富家门口，能真切地看到十八洞的全貌。十八洞坐落在几座大山的台地上，一条峡谷穿过起伏延绵的大山，千回百转。山的外面，是远方。远方之外，是未来。

习近平总书记与村干部和村民代表们就在施成富家这个高高的地坪里，围坐在一起，一场别开生面的座谈会拉开帷幕。

村民们敞开心扉，道实情，拉家常，话发展。习近平总书记边听边问，他说自己这次到湘西主要是看望乡亲们，跟大家一起商量脱贫致富奔小康之策，看到一些同志生活还很艰苦，感到责任重大。

老支书石顺莲说起了村子的"穷"，杨秀富说起了修路的难，施成富、石拔专等老人说起了村里近年来的变化和脱贫的希望，回乡的退休老师杨东仕和村里的小学教师施贵海谈起了娃娃们读书的事，养殖户隆英足述说发展养殖产业的打算……水，电，路，医疗，教育，农业产业，乡村旅游，留守老人，妇女儿童，习近平总书记一一进行了询问和了解，村民和干部也是坦率回答。原本半个小时的座谈延续到了一个多小时。

在听了大家你一言我一语地介绍村里情况后，习近平总书记对着全体乡亲说："我们在抓扶贫的时候，切忌喊大口号，也不要定那些好高骛远的目标。扶贫攻坚就是要实事求是，因地制宜，分类指导，精准扶贫。"

十八洞村竹子寨。经过几年的发展，这个曾经贫穷落后的小寨，村容村貌发生了很大的改变

也是在这次座谈中，习近平总书记强调：抓扶贫开发既要整体联动，有共性的要求和措施，又要突出重点，加强对特困村特困户的帮扶。脱贫致富贵在立志，只要有志气，有信心，就没有迈不过去的坎。

总书记的殷切关怀如阵阵暖流，让这高寒山区的人们深受感动，欢声笑语久久在山寨回荡。

……

2013年11月3日，这一天已经被后来的日子覆盖而成为历史，然而，这一天的深远意义却永远地活着，活在了人民群众的生活里，活在了泱泱大国的历史进程里。

精准扶贫就像一道雪亮的强光，照进武陵山腹地，又照进全中国的贫困地区。十八洞这个曾经最不起眼又最具贫困山区代表性的苗寨，作为"精准扶贫"首倡地，从此登上了中国战胜绝对贫困，全面建成小康社会的大舞台。

几年过去，几年的翻天覆地！如今，"实事求是、因地制宜、分类指导、精准扶贫"十六字方针被雕刻成大字，矗立在十八洞村村口。十八洞村也早已探索出一套"可复制、可推广"的发展经验，成为"精准扶贫"典范。"精准扶贫"的春风也早已顺着山谷，吹遍了中国的大江南北，成为全世界反贫困的一个亮丽范本。

我们决定以2013年11月3日这天为界，挖掘十八洞的过去，也追踪十八洞的后来。以十八洞村这座古老苗寨的发展篇章为窗口，去看、去聆听、去思考中国扶贫特别是"精准扶贫"的过去、现在和未来。

第一章

美丽之困

> >

古老的文明

十八洞，湘西无数贫困山寨中的一个，要了解它，我们得翻开那满载着几千年华夏文明的史册。

十八洞村地处湘西州境内，武陵山脉自东北向西南斜贯全境，东以雪峰山为屏，西骑云贵高原，北邻鄂西山地。大山深处的十八洞村也如大多数村寨一样，喀斯特地貌显著，弧形的峡谷笔直切割，将其围成了一方小小天地，大有与世隔绝的意味，因而得"小桃花源"之美誉。

在横断山区，高耸的山脉常常出现"一山显四季，十里不同天"的奇特景象，十八洞虽不至于如此惊艳，却也堪称奇景。奇峰、危崖、幽谷、林海……走进十八洞村，随处可见峰林起伏，层峦叠嶂，危岩耸立，峡谷深邃。大自然又以其伟大力量，给予了十八洞村独具一格的气候。在冬季风与夏季风的交替控制下，花垣既水热同季、暖湿多雨，又冬暖夏凉、四季分明；气候类型多样，垂直地带性显著，河谷温热湿润带、山地温暖较潮湿带、山地温凉潮湿带，一座大山呈现出多种气候特色和动植物类别。梯田，绿人心坎；山间，绿意葱茏。

散布于大山中的十八溶洞，洞洞相连，神态各异，鬼斧神工。最具代表性的胜景赋予了这个地方一个朴实的名字——十八洞村。这里群山连绵，雾绕山腰，杉林松海，葱翠欲滴。不是每个地方都有如此撩人的山峦，不是每个地方都有幽深秀丽的奇景，不是每个地方都有那样一群纯如琥珀的民众。那山，那水，那人，那淳朴的美，是十八洞最亮丽的外衣。

外界一直有人误以为十八洞指当地有十八个溶洞。其实，十八洞是一个特大溶洞群，开发前要靠垂直软梯才能进去，接着通过一个仅可容身的更小洞口，一个人匍匐进入后才豁然开朗，慢慢可以发现其中的 18 个岔洞。有一支来自广西的探险队曾经在洞内走了七天七夜，却还没看全。

十八洞村辖竹子寨、梨子寨、飞虫寨、当戎寨 4 个自然寨。全村共计 6 个村民小组 225 户 946 人。飞虫寨和竹子寨稍大些，各自辖两个村民小组；当戎寨和梨子寨略小，各辖一个组。2013年 11 月 3 日习近平总书记考察的梨子寨，是十八洞村 4 个寨子中最小的一个，当时只有 108 人。

"梨子"也好，"飞虫""竹子"也罢，都源自大山里到处可见的水果、昆虫、植物。村民的纯朴可见一斑。

可青山绿水并不总是意味着淳朴无争。2005 年，竹子、飞虫两村寨合并。为新村的名字，村民们发生了激烈的争执。叫竹子村吧，飞虫的村民不满；取名飞虫村吧，竹子寨的老乡不干；如果取名"竹虫"或者"虫竹"，就真成了笑话。想到旁边有个特大溶洞十八洞，大伙最后将新村取名为"十八洞村"。

关于十八洞，当地有个神秘的传说——"夜郎十八洞"。

传说当年夜郎国先民打败仗后，翻山越岭来到这里的深山老林，经过探寻，发现了一个能容纳几万人的大溶洞，洞内有十八岔洞，洞洞相连，且冬暖夏凉，景色优美。于是他们便定居下来，休养生息，繁衍后代，故称夜郎十八洞。

夜郎国是西南地区少数民族先民建立的第一个国家。夜郎之名第一次见诸文献记载，是在西汉史学家、文学家司马迁的《史记·西南夷列传》中："西南夷君长以什数，夜郎最大""独夜郎、滇受王印"。当时夜郎是西南上百个部落王国中最大最强的，它地域辽阔，拥兵十万。汉王朝承认它，将其作为自己的一个属国。

至西汉成帝河平年间，夜郎王兴胁迫周边 22 邑反叛汉王朝，为汉使陈立所杀，夜郎也随之被灭，前后约 300 年。一部分夜郎人被流放到贵州镇宁一带。这个古老的文明留下了一页神秘的历史。

在武陵山中，大小峡谷彼此相连，十八洞村所在地就是蚩尤大峡谷。而蚩尤便是苗族公认的先祖。远古苗族生活在黄河流域，其先祖蚩尤与炎黄部落争战失利后，被迫退居江汉、洞庭湖一带，建立三苗国。商周时，三苗被破，继续迁徙到湘西，又由湘西分迁到西南各地。由此可见，苗族既是一个历史悠久的民族，也是一个被赋予坚毅、勇敢、抗争特质而又饱受苦难的民族。

十八洞村处于高寒山区，冬长夏短，是高山溶岩地区，海拔在 700 米左右。全村面积 14162 亩，森林覆盖率高达 78%。大山深处的苗寨，苗族原生态文化保存非常完好。在这片小小的土地上，苗族人民创造了灿烂鲜活的文明。

苗族同胞的苦中作乐渗透到衣食住行之中。

我们到达十八洞村梨子寨的时候正是清晨，天下着雨，一层轻雾缭绕在寨子四周的峡谷上，看不到谷底，对面陡峻的石山若隐若现。隔着一道峡谷，对望过去可以看到石山顶，这让我意识到梨子寨海拔很高。梨子寨就是这样一个位于悬崖峭壁上的山寨，远处则群山、峡谷簇拥，意境幽邃。

不同于云南傣家的吊脚楼，苗族吊脚楼是苗族人民依山而居的特色创造，处处体现着与山地共生共存的仁爱与智慧。它们或沿山势而上，舒展平缓；或依坡筑屋，错落有致。干栏式建筑架空楼的下面以木柱为支撑，这样有利于防潮，更有利于防虫蛇猛兽……这些"没有基础的房子"在外观上极具美感。苗族同胞就是居住在这样原生态的建筑里，孕育了一代又一代子孙，与自然共存，与天地和谐相处。

迎面走来的阿婆让人眼前一亮，青色的服饰，花白的银饰，还有黑色的背篓，满是浓郁的苗族风情，勤劳质朴就刻在她那深深的纹路里。与阿婆并肩而行的是一个穿着苗族服饰的男子，他头戴缠头布帕，身着青色服装。这些元素让人想到了"古老"二字。他们有说有笑，说着苗语，我们听不明白是什么意思。

我们走上前去与阿婆攀谈，她并不会说普通话。旁边的年轻男子，是阿婆的侄儿，他热情地帮我们翻译。阿婆说，这些衣料多是自家织的。精致和美丽背后是女子数不清的辛劳——苗家女子可能一辈子都在做衣服，若要绣上别致的花纹，一套衣服也许就要用上一年时间。

我们跟着阿婆走，不知不觉来到她家里，抬头便看到悬挂在火塘上方的腊肉。阿婆家开着农家乐，我们在她家吃的饭，中午还吃到了酸鱼、酸菜，大家都觉得酸辣可口、开胃下饭。在攀谈中，我们了解到，苗家嗜酸。迎婚嫁娶，各种场合，总少不了自家腌制的酸辣食品。

在饭桌上，我们看到酸鱼、酸菜、酸汤、酱辣子等，便忍不住问阿婆。阿婆耐心跟我们解释："我们这地方山高路远，出行不便。客人来了也没法张罗新鲜鱼肉，久而久之，我们就想到了一个好办法——腌制酸鱼、酸肉等，其中以酸鱼最具特色。鱼带血抹上食盐和花椒，密封在坛子里，味道鲜美，肉质饱满。有了酸鱼、腊肉，配上好酒，如糯米酒、苞谷酒，就是苗寨待客的一餐好饭。"

翻开苗家历史这神秘一页，我们还了解到，在经历了漫长的奴隶社会制度后，新中国的成立将苗寨人民带向了现代文明，原来的一夫多妻制也变为了现代的一夫一妻制。但苗家仍保留着他们的传统婚俗：穿着苗服坐花轿，欢天喜地迎嫁娶，亲朋好友长桌宴……一番热闹过后，到了晚上，新郎与新娘家请的"巴江莎"开场对歌，宾客以此为乐，通宵达旦。

随着改革开放和湘西经济的整体发展，苗寨婚俗也逐步革新，婚事从简，与汉婚无异。

独特的地理环境与原生态的苗族民俗传承，给十八洞村带来了灿烂的生态和人文习俗。人与自然，在一朝一暮、一起一落中，找到生命的皈依。一生辛劳，带来儿孙满堂，祖宗家业得以传承。起点、终端，那都是十八洞村人秉持百年的信念，朴实，但富有力量。

数百年的岁月流逝，十八洞村每一块青石，每一片乌瓦，每一方田地，每一座房屋，都留下了时光的痕迹，写满了岁月的沧桑。

在迷人的风景与灿烂的人文景观中，十八洞村美丽地、原始地、贫穷地、缓慢地"藏在深山人未识"。如若不是"精准扶贫"的春风拂过，像十八洞村一般的很多地方，或许永远不会为世人所知。

闭塞的"盲肠"

十八洞村位于湘西州花垣县双龙镇西南部，是一个纯苗族村。

进入十八洞村，要经过一段曲折回旋的盘山路。汽车左转右突，不时能看到对面山崖间高低错落的溶洞——那正是十八洞村村名的由来。

正如村名，十八洞村位于险峻的山峦深谷之间，高低不平，落差极大；寨前屋后，一人宽的山间小路连起四个寨子，整个十八洞村，甚至很难找到一块篮球场大的平地。

地无三尺平，田是"斗笠丘"，十八洞的村民们不光缺资金缺技术，甚至缺乏最基本的生产资料——土地。人均耕地只有0.83亩，这些土地都是从狭窄陡峻的峡谷深坳里"抢"来的，开垦一点是一点，村民们以前就是靠着这点土地种植水稻和烤烟，以维持生计。

令人慨叹的是，像十八洞村这样的穷山寨，湘西州还有很多，十八洞充其量就是湘西州典型贫困山寨中的一个而已。

那么，是什么导致了这样大范围的贫困？

远眺十八洞，风景怡人。然而在精准扶贫前，这里曾深陷"美丽之困"，贫穷而又落后

顶着霏霏细雨，我们来到了湘西州，看到了湘西的崇山峻岭。当那些突兀的石山映入眼帘时，我们惊呆了：太美了！太壮观了！

在中国地图上，北纬 28 度与 30 度之间，有一片云贵高原与江南丘陵围绕的心形土地。这就是湘西，深藏于巍巍武陵山间，天赋神韵，生态优良，地貌多样，物产丰富，历史文化深厚。

在这片土地上，有着国家历史文化名城凤凰、土家族千年古都老司城、"瀑布上的千年古镇"芙蓉镇等 50 多个世界级、国字号生态和文化旅游品牌；记录地球成长的"金钉子"全国仅 10 枚，这里就有两枚；这里还有锰都、钒海等，矿产丰富；这里是野生动植物资源的天然宝库和生物科研基因库；湘西椪柑、古丈毛尖、保靖黄金茶闻名天下；国家级名酒"湘泉""酒鬼"享誉海内外……

在摄影圈内，关于湘西有种说法：到了湘西，不要轻易举起相机。这里太美了，步步是景，村村有情，再多的胶卷与存储卡都不够拍。你拍完了，又会遇到下一处更美的风景。

这就是湘西，一个被称为"中国绿心"的神秘之地。

对于这秀美风光，湘西人却有另一种说法：外人看到的是山，湘西人看到的是穷——群山有多奇伟，这里就有多贫穷。

不同于戈壁大漠、黄土高坡的满目荒凉，湘西，一面是农人们走不出大山、摆不脱贫穷的无力与困顿，一面是奇峰秀水与淳朴的民风乡俗。

"美得让人心疼"，过往游客到湘西，听到或想到的第一句话，往往就是沈从文这句话。沈从文笔下，优美的风景、淡淡的乡愁和淳朴的民情融为一体，勾画出田园牧歌般的湘西风貌。其代表作《边城》，故事就发生在花垣，翠翠、老船夫……都是十八洞村民们的老乡。青山绿水间，这些质朴的乡民生于斯长于斯，他们的哀乐情愁在沈从文的笔下跃然纸上。

在沈从文写《边城》的年代，进出湘西只能走水路，"从桃源上行七百里"，经沅江逆流而上至沅陵，在此入酉水进湘西，进而交通川渝。溯江而上，一江碧水，两岸奇峰，三五处吊脚楼升起袅袅炊烟，船夫与岸上人家苗歌对答……此情此景，仿佛世外桃源。

可这"世外桃源"的背后是湘西人走不出大山的困顿与无奈——大山深处的人们日复一日辛劳耕作，仅得糊口，世世代代难以走出大山，成为别人眼中的"原生态"风景。可以说，湘西奇峰险峻的"美丽"，正是湘西千年贫困之"痛"的主因。

奇峰和溶洞再漂亮，石头缝里也种不出粮食。更重要的是，群山挡住了去路，让一座座苗寨"养在深闺人未识"，村里的人与货难出去，外面的客商与游人进不来。

由于历史、自然条件等多种因素制约，直到 1984 年，湘西州尚有占农业总人口 84％的 156 万群众食不果腹，房屋不避风雨，人们艰难度日。

这就衍生出了一种听起来挺"美丽"的贫困——"喀斯特式贫困"，又被称作"美丽之困"。这种贫困是自然地貌造成的。包括十八洞村在内的湘西致贫之因，很大程度上也与此有关。

19 世纪末，西方地理学家在南欧的喀斯特高原发现一些可溶性岩石被水溶蚀后会形成包括溶洞在内的一系列地貌，于是将它们统称为喀斯特地貌。数十年后，中国的地理学家意识到，和中国相比，南欧的喀斯特高原不过是小巫见大巫，中国才是喀斯特地貌普遍存在之地。尤其是南方滇、桂、黔、川、湘诸省区，地表沉积了总厚度达 10 千米、裸露区总面积超过 50 万平方千米的可溶性岩石。南方充沛的降水又加剧了岩石的溶蚀，滴水穿石的改造持续了亿万年，从未停歇。

水流沿着岩石地表流动切割出许多凹槽，凹槽愈溶愈深，中间突出的部分越发尖削高大，高度可达 30～40 米，剑状、塔状、柱状、蘑菇状，形态千变万化，有如岩石森林，是为石林。石林之外，另一种溶蚀规模更加庞大。在极厚的可溶性岩石区域水流切割出连绵不绝的群山，如果山与山之间基座相连，则被称为峰丛；如果山体相对独立散布，则为峰林。与此同时，地下的溶蚀也不容小觑，它制造出巨大的溶洞。当溶蚀继续，洞穴大厅发生坍塌，会在地表制造出特大型塌陷漏斗天坑。

石林、峰丛、峰林、溶洞、天坑，拥有如此独特景致的地区，在人们印象中似乎都应该拥有"昼出耘田夜绩麻，村庄儿女各当家"的田园生活。然而现实往往并非如此，美景带来的更多是贫困。武陵山区、乌蒙山区以及滇桂黔石漠化区都面临着缺水、缺土的严重问题，原因就在于此。

这三个片区年降水量往往超过 1000 毫米，接近华北地区的两倍，但缺水也是真真切切的。地表几乎不存在水，大大小小的喀斯特孔洞就像是无底洞，"吸"走了大部分的流水。流水不断冲刷，使得表层土大量流失，而自然状态下恢复1厘米的土层至少需要100年。缺少土壤，人们就必须精打细算地利用零散耕地。这种恶劣的自然条件和环境，直接导致在当地发展农业难上加难。农业是万业之本，农业的发展受到了掣肘，世世代代生于斯长于斯的人们就免不了与贫困作斗争了。

因为穷而闭塞，湘西常被一些研究者称作"中国的盲肠"。无独有偶，当年也有十八洞人自嘲这里是"花垣的阑尾"。这里的"盲肠"自然指的是地处偏远而效用低微，如同"价值极低的世界尽头"。

可正如盲肠虽短，却是小肠通向大肠的门户一样，明清以来，湘西曾是西南重要的商贸区，绝非"偏远而无意义"。

湘西山路难行，但沅江让湘西商贸"四通八达"：放舟沅江，西行可从酉水经花垣入川渝，及云贵；北上可入洞庭，下长江东联江浙，或从武汉溯汉水而上交通晋陕；向南可溯渠水，在怀化通道上岸，陆行十余里就可到广西三江换船，入珠江水系联通两广。

水运是工业文明之前最便捷的运输方式。靠着水运发达和出产大宗物资，湘西成为明清时代的"发达地区"：从江西、安徽到江浙，几乎整个长江中下游地区，建筑用的是湘西黔阳运来的"辰杉"，打造刀剑用的是泸溪浦市熟铁，造船刷漆用的是洪江桐油，祛邪驱疫用的是"辰州砂"（朱砂）……到了清末，湘西等地产的桐油，出口货值已超越丝绸，位居中国出口商品之首。

但必须看到，明清时的"发达地区"湘西，其实只是沿河"窄窄的一线"——沅江两岸的商埠富比江南，许多有着"小汉口""小南京"的美誉；附近的矿山、作坊，不少成了人烟稠密的市镇……可离开水道与市镇，只要走个两三里进入山中，就进入了"化外之地"。

所谓"不通王化"，其实就是不通商路。没有大宗出产可供交易，也没有多余的钱粮纳税，所以商队、官府都很少上门。千百年来，无数如十八洞这样的湘西寨子，在大山深处靠着刀耕火种勉强维持；不论苗、侗、土家，各族人民在半饥半饱与天灾人祸的缝隙间艰难却又顽强地繁衍生息。

这些山林中"野民"聚居之处，大部分的寨子甚至没有历史和文字记录，只有火塘边的吟唱。千百年来的兴衰变革，无数人的生老病死，和神话、传说混杂在古老的苗歌中，代代相传。湘西延绵险峻的群山中，有多少村寨自生自灭，又有多少人遭遇了饥荒瘟疫……外人不知，官府不知，甚至当地本族的土司头人也不知。

不知来处，亦不知向何处而行，这些少数民族村寨曾经在漫长的历史中，只有简单重复的刀耕火种与生老病死。在外来文化的冲击之下，仍几乎如盲人行路，更不用谈发展了。就拿十八洞村来说，如果不算蚩尤部落来此避难的传说，这里的村民能说出的历史不会超过两百年，这是以两村四寨最老的木楼、山坡间的坟茔，和"我爷爷的爷爷说"的依稀回忆为限。

比起河边曾经繁盛的"窄窄的一线"，这些默默无闻的村寨才是更真实而普遍的湘西写照。

到 20 世纪，在工业文明的冲击下，湘西这"窄窄的一线"逐渐变得困顿。公路、铁路的出现，让繁盛一时的水运商路丧失了优势；而当年的木材、桐油、铁件等湘西传统的"大宗出产"，也在现代工业的冲击下，一点点失去了市场。

"中国的盲肠"，大家开始这样称呼湘西。最"盲"的就是闭塞，交通问题困住了湘西人。也就早个十来年，湘西人去一趟省会长沙要好几天时间，去一次州内其他县也要一天多时间。修路难、行路难、发展难一直是湘西的最大瓶颈和痛点。

20 世纪 30 年代，川湘公路的建成让湘西第一次通了公路。1978 年，焦柳铁路通车，才结束了湘西没有铁路的历史。2008 年，湘西州才通了第一条高速公路——常吉高速。直到现在，湘西州首府吉首的火车站还是一个晚上九点半关门的小站。从长沙坐火车到吉首要七个半小时，车过常德石门，几乎全是"地下铁"，一连要钻 200 多座隧道和高架，连绵的山岭间罕见人居，一路上几乎没有手机信号。

而处于大山里的村寨就更不便了。十八洞还是靠近 319 国道的村子，村民如果要去吉首坐火车，要走"八十里山路"。不要以为 40 公里是不用一小时就到的车程，光是出村到国道就要走大半个小时，矮寨公路 6 公里的十八盘山路，又要一个小时。直到 21 世纪初，十八洞村民要去吉首，都是先走出村，坐三轮车去矮寨，再换中巴，早上出门下午到，要花二三十元。

至今，湘西仍没有高铁和机场，坐高铁要去邻市怀化，最近的机场则在贵州铜仁。

十八洞村口那条公路，就见证过湘西闭塞的一整段交通史。村口那条公路就是319国道，往来车流量并不大，但其中大有故事。从1935年到1978年，43年间，319国道或者说川湘公路，是进出湘西、连接湘渝的唯一公路。这条路支持了八年全面抗战的西南大后方。

此路之险，一段话就可以说尽：出十八洞向东二十来里可见著名的矮寨大桥，一桥飞架峡谷间，"山上是桥（矮寨大桥），桥下是鸟，鸟下是路，盘山十八弯，再下面，才是小镇矮寨"。

20世纪30年代，为了修这段6公里的路，死了两百余名民夫。直到十多年前，矮寨公路上的交警还是用几块木板在悬崖边搭出方寸之地，一天24小时站在木板上执勤，脚下就是万丈深渊。这一站就是18年。

不论行舟酉水还是山路十八弯，花垣是湖南人西行路上离湘的最后一程，就此通往川渝黔贵。所以在漫长的岁月里，花垣被称为川湘孔道、湖南"边城"。

可以说，十八洞村也是"边城"路上的见证者，一代代人看着路上的车流人流，却因为村子与道路隔了几座山，就年复一年窝在山里默默受穷。

石灰岩分布广泛的湘西州，群峰林立，坡陡谷深，无数的村寨湮没在大山深处，成了"化外之地"，几乎与世隔绝；无数的村寨交通闭塞，耕地紧缺，贫穷落后。

就像冰封的土地急需一缕阳光，就像久旱的大地急需一场甘霖，千百年来，湘西都在或探索或盼望一种战胜贫困的希望。

千年的困局

湘西的贫困在中国扶贫之初就引起了国家的注意和重视。

随着党和政府扶贫工作的推进和湘西州社会经济的发展，湘西州在摆脱贫困方面也取得过不小进步，来自国家层面的扶贫开发极大地减轻了湘西的贫困程度，但由于受历史、自然等多种因素影响，直到2013年"精准扶贫"政策提出，湘西州的贫困现象依然明显，其经济发展水平与湖南省其他地区都还存在较大差距。

为了解湘西扶贫的整体情况，我们来到了湘西州扶贫办。从这里得到的数据显示：2013年湘西州地区生产总值仅占湖南全省的1.7%，财政收入仅占全省的1.5%，人均水平分别为湖南省平均水平的44%、52.4%；全面小康社会总体实现程度73.6%，其中经济发展实现程度仅为51.4%。

数据是沉重的，犹如层层叠叠的大山压在湘西人民的肩膀上。有人说湘西是"千年贫困"，这并非夸张。地处武陵山连片特困地区腹地的湘西，占全了"老少边穷"所有的选项：集民族地区、革命老区、贫困地区、边远山区于一体，人们的思想观念也难免落后。大多数村寨散落在群山之中，封闭的自然环境和落后的交通条件导致与外界交流不畅。另外，湘西州经济发展水平低，民众接受教育程度普遍不高，导致优秀人才缺乏，科技水平低下。

湘西州贫困程度深还体现在该州从事农业生产的人口众多，农业发展一直处于较低水平，因此农民持续增收困难。这主要是因为湘西州传统农业发展停滞不前，较多农民外出务工，进一步减少了劳动力，从而一定程度上阻碍了农村生产力的发展。又由于湘西州自然灾害频繁，农民在生产活动中受自然因素影响明显，抗灾能力普遍不强，极易出现致贫返贫现象。基础设施建设落后也是湘西州贫困程度深的体现。

种种条件限制下的湘西，贫困问题越来越凸显，几乎成了社会痼疾，成了人们生活中的一种普遍现象。

贫困如慢性病，病去如抽丝；贫困更如漫山的野草，在大地深处盘根错节。

也许，贫穷如山，就连湘西这些倔强朴实的山里汉子，精气神也被贫困的大山压住了。

改革开放以来，湘西州的社会经济有了一定的发展，贫困人数逐渐减少。但整体而言，湘西州的贫困现象依然明显，且贫困范围广。湘西曾经是湖南唯一的"全域贫困"市州，全州下辖一市七县，除吉首市属省级贫困县外，其他七县都属于国家级贫困县，区域整体经济发展水平偏低。

从 20 世纪 80 年代开始，我国走出了一条中国特色扶贫开发之路，湘西扶贫这场"接力赛"也是一棒接一棒。早在1984年，中共中央、国务院下发《关于帮助贫困地区尽快改变面貌的通知》，将武陵山区定为全国贫困片区之一，予以重点扶持；1986年，农业部定点扶贫湘西；1994年，国务院出台《国家八七扶贫攻坚计划》，全面实施扶贫攻坚战略；2011年，国家划定包括湘西在内的14个集中连片特困地区，将其作为扶贫攻坚主战场，予以重点扶贫。湖南省委、省政府也一直将湘西作为全省扶贫攻坚的主战场。

在湘西这样的深度贫困地区，抓住了扶贫工作，也就抓住了经济社会发展的牛鼻子。虽然中国扶贫工作的目光从未离开过湘西，但是湘西以前的扶贫工作总体而言是相对粗放的。

退休后在十八洞等村采风创作苗剧的李北冰在湘西州工作了很多年，自称"（扶贫）蹲了20年"。在李北冰看来，以往的扶贫，往往只是"发了钱、送了猪、修了路，建了房子"，可村民没发动起来，扶贫工作队一走贫困依旧。而扶贫"该扶谁，怎么扶，选择什么项目"，最终取决于人的素质，脱贫攻坚最需要改变的，或许是人心。

湘西州扶贫办工会主席唐其昭是个老扶贫人，他指着对面那些山告诉我们：在20世纪80年代，老百姓靠着身边的山地，大面积种植柑橘，那时候种柑橘可是赚了钱的。但什么都经不住多，后来，种的人多了，柑橘的价格降低了，老百姓也就不赚钱了。

所幸的是，为解决湘西"千年贫困"，国家从未停止过探索，湘西从未停止过探索，人民从未停止过探索。

2013 年 11 月 3 日，习近平总书记在十八洞村首次作出"实事求是、因地制宜、分类指导、精准扶贫"重要指示之后，湘西才迎来了前所未有的发展机会。这场扶贫攻坚战的胜利，湘西势在必得。

湘西州扶贫办主任李卫国告诉我们，也是在这几年，全州脱贫攻坚才算取得决定性进展。这个名字里就带着"保家卫国"的扶贫干部，在湘西这片土地上付出了所有的热情。

这，是湘西对于贫困问题的千年探索，过程是艰难的、曲折

小雨中的十八洞村安宁祥和。这里是精准扶贫首倡地

的。所幸的是，精准扶贫切中了湘西贫困的要害，精准到村，精准到户，精准到人，困扰湘西的千年贫困难题终于找到了解决的方法。2020 年初，湘西州所有市县全部实现脱贫摘帽，这是"千年困局"的最终破解方式。

精准脱贫的过程远非三言两语可以说清楚，我们也不对湘西整体脱贫作更多讲述。我们仅以十八洞村，这颗湘西精准扶贫的耀眼明珠为例，剖解精准扶贫之下的湘西。从十八洞出发，我们要去解析它从过去到未来的发展之路。

贫穷的慢性病

十八洞的神秘传说在苗族后裔的口耳间传颂，并熔铸到苗族同胞的血液里，成就了博大精深的文明。可贫困也如那深远的文化一般裹挟着苗族同胞的生活，千百年来，如影随形的贫困压力重若千钧。

十八洞村的贫穷是在湘西的整体贫穷之下产生的。如果研究湘西之困，将十八洞村作为一只麻雀来解剖，那么这个苗家村寨，具有湘西"美丽之困"最典型的特征：地处偏远、交通不便，但奇险秀丽、富有民族特色。

由于数百年来的闭塞，这里的人们成为"不知有汉"的"局外人"。这是一个信息时代，"地球村"的形成不断加快，没有人能阻挡信息化的发展、互联网的使用步伐。但在这个几乎与世隔绝的大山深处的小山村，人们采取的依旧是一家一户的小农耕作方式，不知道什么是智能手机，也没有无线网络的概念，有些人家甚至通屋没有几件电器。

别看十八洞村人口并不多，村寨与村寨之间却很难通有无。民居散落在大山的高峰或峡谷间，走路动辄几里十几里。

"精准扶贫刚开始那会儿，村寨和村寨间的村民很多都还不认得呢！"老教师杨东仕的儿子杨建军说。杨建军在县城当干部，说起十八洞村曾经的贫困，他感慨万千。

十八洞村，这个小小的湘西苗寨，很多大变化都开始于2013年11月3日。

在此之前，时间在这座古老的苗家村寨里仿佛有些停滞。

村民们住着祖传的破木楼，守着山间石缝里一点点薄田。老人和媳妇们秋天收了稻子，冬天领来扶贫物资，等着打工的后生回家过年，不变的生活就是眯着眼抿点酒看看山，或者围在火塘边，和着穿堂而过的风声，哼唱亘古不变的歌谣。

如果没有精准扶贫，十八洞村和许多湘西村寨一样，会一直这样平静下去，人们平静地种田，平静地受穷，村寨缓慢地萧条、衰败。

以前的十八洞，5年前的日子和15年前或者20年前都差不多，说这话的老人想了想说，要说变化也有变化，比方说挂历上的年份变了，或者寨子里的年轻人越来越少了。

退休返乡的老教师杨东仕神情幽远，一语道破绵长的过往："咳，十八洞，十八洞……过去的十八洞就是困在山沟和洞洞里出不去，出去的后生就不愿回！"

我们相信，说这话时，他叹息的背后含着泪。

当了38年教师的杨东仕以前在镇上的排碧学校工作，那时候，他语文、数学、自然、思想品德什么都教。那时候，从梨子寨到镇上要走两个多小时的路，杨东仕平素住在学校，周六上午回到梨子寨的家，料理家里的农活，星期天下午又往学校跑，这样来来回回的日子占据了他的整个教书生涯。

站在寨前，你抬眼就能看到可与张家界媲美的风景，但当年的十八洞人谁都无心看山，他们甚至"恨"这些山。

有句老话叫穷人眼里无风景。如果种不了田，外人眼中的奇峰秀水可能是农民心里的"穷山恶水"。十八洞村地无三尺平，田是"斗笠丘"，长期以来村民们不光缺资金、缺技术，甚至缺乏最基本的生产资料——土地。房前屋后沟边，十八洞人几乎把任何一块大过一张床的平地都辟作了田土。但糟糕的是，这些陡坡石缝里开出的薄田存不住水也缺乏肥力，老天爷稍微给点脸色，下场暴雨或者久旱几天，一年的收成就泡了汤。

最多的耕地依傍着最深的峡谷，峡谷两边狭窄的一线泥地被村民们开垦为耕地。种稻子，施肥，浇水，收稻子，村民们得挑着担子沿着陡峻的山壁走上十几二十里。如此费尽千辛万苦收获的粮食也仅够糊口。

施成富全家一直住在爷爷辈祖传的木楼里，歪歪斜斜的木板墙被岁月浸染得黝黑发亮——据说自清朝以来没换过一块木板。

到2013年，和石拔专一样，不少人家中唯一的电器是电灯。

在这个寨子中，木屋算是家境较好的人才住得上的，条件很差的人家，没有木板挡风，就用细竹条编织成竹排，在竹排上糊上一层牛粪，便是一面墙了。一到冬天，风就肆虐呼啸，让人感到分外寒冷。

十八洞村，湘西贫困山村的缩影。贫困犹如湘西延绵的山，

精准扶贫前，十八洞有些旧房子就用细竹条编织成竹排当墙

十八洞村的百姓就被这山压得喘不过气来。

贫困的原因就包括这些延绵的山，村民们祖祖辈辈只能也只会靠着山间的薄田度日，种稻吃饭，种烟换钱，种苞谷（玉米）喂猪。收成好时勉强可以满足一家人的吃喝；收成不好，连温饱都难解决。苗家世世代代都在这土地上挣扎，却始终挣不开贫困的枷锁。

山外的人难以想象，曾经的十八洞，村民年人均纯收入只有1668元。

在城里人看来，1668元能做什么？买一部手机？买几件衣服？过年给亲朋戚友包红包？就在六七年前，1668元在十八洞村人看来，就是一个村民辛苦一年得到的全部收入，这笔钱要用来养家吃饭、供娃读书、赡养老人和应付红白喜事等等。

2014 年入村的精准扶贫工作队精确统计过十八洞村当时的家底：2013 年全村 225 户 939 人，人均耕地 0.83 亩，人均纯收入 1668 元，为当年全国农民人均纯收入的 18.5%。2013 年以前，村里的产业几乎是空白，村"两委"的账上没有一分钱，村内的青壮年劳动力都外出打工，老人和小孩留守在村里，靠着每年种植一点粮食生活。村里的留守人口几乎家家都是贫困户。

那时的十八洞，不是因病致穷，而是贫穷本身已成为治不好的"慢性病"，成为日常生活的底色。一家人几兄弟合伙置办一身"体面衣服"，那双没破洞的皮鞋和那套没有补丁的衣裤，谁出门谁才能穿——下田、做工可不算。至于老人们，他们早已不在乎穿什么，一身衣服往往是当年成亲或当兵时置办的，比子女的年龄还大。

也许在这村里，唯一舍得的，就是喝酒，男人们就算饿着肚子也要喝二两，因为酒能让人暂时忘记穷与苦。

当无法改变的贫穷成为日常生活，施金通说，这就叫困，困在"洞里"出不来了。施金通，这个黝黑精悍的苗家汉子，因为读过两年技校，算是村里少有的"知识分子"。23 岁当了十八洞村的会计，25 岁当了村主任，施金通是村里公认的"能人"。

整个十八洞村不足一千人，除去老人、小孩、妇女，成年劳力也就几百人。更恼火的是，这样的十八洞，姑娘们根本不愿嫁过来，十八洞村成了远近闻名的"光棍村"。

三四十岁没结婚的单身汉有 30 多个。施全友是，杨再康是，施六金是，施成云是……他们有的在外打工，有的在村里消磨时光，姑娘看不上他们，就算有姑娘看上了，也会被十八洞的贫穷吓跑。脱单，一度成了十八洞青年们最艰难的事情之一。

邻村甚至邻县都传唱：

有女莫嫁十八洞，
嫁去后悔一辈子。

十八洞人自己也有一首山歌，半是自嘲半是哀叹：

山沟两岔穷疙瘩，
每天红薯苞谷粑，
要想吃顿大米饭，
除非生病有娃娃。

十八洞的穷，老支书石顺莲深有体会。

石顺莲1976年嫁到飞虫村——当时，飞虫寨和当戎寨是一个村。从1997年到2014年，石顺莲先是担任飞虫村的村支书。后来，梨子、竹子、飞虫、当戎四寨合并为十八洞村，石顺莲高票当选为十八洞村村支书。

石顺莲在十八洞村的德高望重可见一斑。若要追溯她走进十八洞村村民内心深处的源头，石顺莲说应该是从自己在村上当接生娘开始。

刚嫁到飞虫村，石顺莲就碰上嫂子生孩子，她亲眼看到婆婆用碗挖了黑乎乎的锅灰泡水给嫂子吃。年轻的石顺莲不理解，那么黑乎乎的灰怎么能吃。婆婆说，这样可以止血。这是石顺莲最早看到的孕妇生娃，这一幕深刻在她的脑海里。

　　在当时的湘西，孕妇因为生娃难产而死去的情况并不少见。1978年1月，为了减小孕产妇的出事概率，让大人小孩都能够平安，花垣县开始组织用新法接生。如此一来，每个村就需要一个懂新法接生的接生娘。石顺莲踏实、勤奋、肯干、灵泛，村上找到她，想要她去学习新法接生。石顺莲接下了这个任务。自打学习归来，石顺莲就成了飞虫村家喻户晓的接生员。直到2000年，

十八洞村老支书石顺莲对自己当接生员以来未出现过产妇因难产死亡现象感到欣慰

妇幼保健站有了新政策，所有孕妇都要去医院生孩子，石顺莲才结束了接生员的工作。算下来，她整整接生20年。

一开始，接生员的工作很辛苦，要走家串户，要面对各种突发情况，工资却很低。一般地方还能靠产妇家给点补贴，可石顺莲没有这么做。"当了那么久的接生员，我一分钱都没收人家的。"石顺莲说，"我们的孕妇太可怜了，我们的老百姓太穷了。"

接生的那些日子里，石顺莲亲眼看到孕妇的艰难。城里人坐月子至少有鸡蛋、红糖伺候，十八洞的年轻媳妇们享受到的最好的待遇就是娘家送来的一碗鲜豆腐。不仅如此，有些孕妇非但吃不上鲜豆腐，甚至连小孩的尿片都没有。看着看着，石顺莲就哭了。她怎么忍心让这么贫穷的孕产妇还拿钱给自己！

令石顺莲欣慰的是，自打自己当接生员以来，飞虫村就没出现过产妇因生娃死去的情况。

这样的石顺莲，被苗寨的老百姓感激着。她1989年入党，再后来当上村上的妇女主任，再到1997年当选村支书，直至后来一个人兼任村支书、妇女主任、接生员三个职务，石顺莲用一辈子，守护着苗寨，守护着这一方百姓。

可即便如此，石顺莲60岁退休的时候，依旧觉得最大的遗憾是：自己当村支书这么多年，没有能带领十八洞村民脱贫致富。

外面的姑娘不愿嫁进来，本村的姑娘不愿留下——不是外嫁，就是干脆出去打工。结了婚的媳妇们，也纷纷跟着男人外出打工。她们觉得，村里没有未来，留在十八洞，日子会越过越黯淡。穷苦的十八洞，眼睁睁地望着姑娘们来了又走。

没有年轻的媳妇们操持家务，一个个家庭生活过得越来越潦草；少了媳妇们村口的闲聊，放学后孩子的嬉闹，苗寨的日常越来越冷清。慢慢地，火塘冷了，炊烟淡了，寨里的木楼歪歪斜斜了。

日子疯长，发展却很慢，十八洞陷入长久的沉寂与衰败。

从千年贫困到千古文明，我们看到了美丽的湘西、神秘的湘西、古老的湘西，以及贫穷的湘西。

曾经的十八洞村，几乎有着"母体"湘西身上所有的色彩，它藏匿在湘西的深山老林里，岁月流逝，成就了一个凄美的称呼——美丽之困。困顿的、美丽的十八洞，如湘西所有老苗寨一样，"养在深闺人未识"。后生走了，老人守着几乎一成不变的日子，孤寂地活着，天天盼望着过上好日子，可好日子似乎在大山外面。

第二章

原始挣扎

>>

曾经的尝试

困在"洞"里的人们也曾挣扎过，而且是努力地挣扎过。

当年，十八洞村的村民也搞过一些副业，养过牛羊，刺过苗绣，种过黄杉、油茶，甚至还打算建设小水电站。然而，先天的自然条件不足以及资金、技术的限制注定了这些产业的失败。

搞养殖业，有限的粮食仅够村民吃饱，不足以支撑规模化养殖；搞种植业，十八洞村气候宜人，适合黄桃和猕猴桃生长，漫山遍野的野生猕猴桃足以证明这里是适合种植的，奈何连绵的大山阻断了种植业的前路，没有路，出山的产品运费太贵，导致价格也贵，并没有太大的竞争力。

苗绣也是这样，当日常生活都成问题，谁有心思坐下来一针一线刺苗绣，就算生产出来，走不出苗寨的村民又能卖给谁呢？

曾经规划的小水电站也由于资金、技术、地质条件等种种制约未能付诸实施。种种可能的出路，十八洞村的祖辈们都尝试遍了，可这些尝试又都以失败告终。不成规模，不成系统，没有出路，十八洞村只能是继续贫困着。

多年前，十八洞所在的排碧乡有个万亩林场。林场的人，最怕的就是十八洞村民,因为他们偷树。只要林场的树被偷砍盗伐了,十有八九就是十八洞的人干的。

这片林场,曾被一些十八洞村民当作了另一份"救济"。或一个人偷,或一群人砍;白天一根根砍,晚上一车车拖;不但偷林场的,也砍邻村自留林地里的。林场天天叫苦,邻村老百姓回回告状,村干部沿路设卡拦截,派出所忙着警告、抓人。

可村民们根本就不怕抓。有人偷树被民警抓到,被质问时说的一番话,差点说哭了在场的人:"我要吃饭啊,没办法才砍树。砍到了能换钱,抓到了你们管饭:怎么样都好!"

先不说盗伐犯法,一整棵杉木运下山运到几十里外的木料场

也就卖 10 多元。穷怕了的村民冒着被打、被抓的风险，换来的几张钞票在口袋里还没捂热，就变成了几顿酒菜下肚。

"过手浮财"转眼就花得精光，砍树的危害却长久留存，更危及自家的生存环境。湘西多山，当地又是典型的喀斯特地貌，山上有树才能保持水土，防止滑坡。可以说，砍树砍掉的是子孙后代的"饭碗"，邻里人人都会指着脊梁骨咒骂。

就算十八洞人引以为豪的大溶洞，也有人冒险入洞，把钟乳石敲下来卖钱。

"树砍了还能长，洞挖坏了就没了。不是穷得心慌，谁敢冒犯祖先？"当地传说，这名为十八洞的大溶洞就是"夜郎十八

十八洞周围郁郁苍苍。以前，穷怕了的村民常去砍树卖钱。而今他们意识到了青山绿水的万分宝贵

洞"，当年苗族先祖在洞里躲过兵灾。在重乡情敬祖先的苗族看来，惊扰祖先的罪过可不小。但凡有条出路，谁又愿意去破坏祖祖辈辈赖以生存的家园？

其实也没真到饿得没饭吃的地步，村里人更多是出于对无法摆脱贫困的恐慌：花垣县是矿区，有不少人靠矿发了财，可十八洞附近只有洞没有矿；没矿就靠田吃饭，可十八洞田少地薄，邻近的村庄地平田多交通方便，个个都比十八洞舒坦；就连山上的野油茶树，也是十八洞村的结果少得多……很多村民认为，十八洞条件差、运气坏，脱贫实在没指望，不如混一天算一天。

穷到心慌并非夸张，当十八洞村的人们一年辛苦换不来儿女一年学费，一场小病就会拖垮一个家，当娶妻成家也是梦里奢望时，又有多少人能安心做一个"本分人"呢？

那些年，对十八洞而言，"洞"里的挣扎，还有另外一层含义——下洞挖矿，赚个"生死有命富贵在天"的"高"工资。

早年间，十八洞所在的花垣县，有一个荒诞的说法——这里有最豪华的车、最烂的路和最穷的村。豪车是矿老板的，路是矿车压烂的，穷村则是崇山峻岭间十八洞这样的老苗寨。

花垣县城里，可以看见保时捷和玛莎拉蒂这样的豪华跑车。以前山多、路烂的花垣县，这些低底盘的豪华跑车根本没办法开出县城去矿上、村里，唯一的用处是炫富。

花垣县是铅锌探明储量居全国第三的矿区。30年来，密密匝匝的矿洞富了不少矿老板，许多农民也靠着挖矿挣到了令当地人羡慕的"高"工资。似乎只要有矿，只要挖矿，金山银山就唾手可得。

十八洞所在的双龙镇不在矿区，当年的十八洞村民对矿区羡慕不已，哀叹自己家乡只有"废洞洞"，没有挖得出矿的金洞洞。

尽管屡屡听说矿区的工伤、矿难和污染带来的怪病，施六金等不少穷怕了的年轻人还是义无反顾地投奔矿区，下洞挖矿。他们不愿去沿海打工，更不愿留在寨里受穷。

譬如施六金，这位十八洞村最出名的"前光棍"，曾被许多媒体报道说是一直留在村里受穷。其实他在县内一家矿山当保安队长多年，自称拿过"八千上万"的月薪，还学会了打牌喝酒。矿山关闭后，回村的他当然不安于当个土里刨食的普通农民，也不愿去外地务工"吃苦"，于是就这么"闲"了下来。

当村干部之前，施金通不忍心"父母讨米也要供我上学"，就辍学跑去保靖县野竹坪的一家小煤矿打工。刚去的时候，矿上只给他一天 10 元的工钱，而其他的矿工一天则有 80 元。

10 元一天的工钱在那时不算低！20 世纪 90 年代，十八洞人出村赶集，要先去山上砍柴，"砍柴半天，挑到麻栗场又半天，换五块钱，一瓶酱油钱"。

谁都知道在小煤窑当矿工是"拿命换钱"！就算这样的收入、这样的高风险，年轻的施金通也激动不已——包吃包住，一天存 10 元，10 天就 100 元，100 天就 1000 块……"要不了三年，我就是村里第一个万元户了！"

"挖"（煤）出个万元户，这是 1979 年出生的苗家汉子施金通人生的第一个梦想。很难想象这样的故事发生在离现今并不遥远的年代。

施金通是家里的独子，天天担心矿难的父母，当然容不得他的"万元户之梦"。施金通没干多久就被爹娘"抓"回了十八洞。2010年，施金通在公开招考优秀村组干部考试中通过，被选拔到乡政府的社会服务站当站长。

十八洞村原村支书龙书伍，也在矿山待过。

很小的时候，龙书伍就知道种地了。可从前，在他的家乡竹子寨，再娴熟的种地技术也不可能让一家人过上幸福富足的生活。

"家里总共只有两亩多地，除了吃饭之外，其他生活就顾不上了。为了赚点钱，年轻的时候，我们也去山上砍点树来卖，卖了钱换一点生活用品。可是，山也只有巴掌大的地方。山上的树你砍我也砍，很快也就砍完了。没办法了，只好出去打工。"坐在自家庭院里，龙书伍望着眼前的大山，回忆起了从前的日子。

2001年，龙书伍背上行囊，和寨子里很多后生一样，踏上了外出打工的路。这时，妻子带着孩子，守着父母，继续待在深山老寨里。30多岁的龙书伍，上有老下有小，自己有使不完的力气，一门心思就想多赚钱。

可是，没有一门拿手本事的自己能做什么呢？龙书伍想到了就近的矿山。十八洞的小伙子有不少在花垣县的矿山干活。一开始一天15块钱，离家也不算远。那时候，对龙书伍而言，一天15元钱也是不错的收入了，省吃俭用下来，一个月也能攒下好几百块钱。于是，龙书伍便铁下了心，要在矿山好好干。

和其他工友一样，龙书伍带着铺盖卷来到了矿山后，就在大山中搭起了一个简易的小棚子，这里便是家了。一年365天，绝大多数时间，龙书伍他们就是住在这样的简易小棚里，白天早出晚归地劳作；晚上，躺在冰冷的铺盖上，听着鸟叫虫鸣，想着家里老婆孩子和老父老母。发工资的时候是最兴奋的，当一分分血汗钱揣进了兜里，勤劳的后生们的心才踏踏实实装进了肚子里。而这些血汗钱，是一家人的生活花销，是小孩的学费，是父母的吃食，是妻子的衣裳……要说，也是不经用的，但好歹收入相对稳定，力气有处使，龙书伍心里踏实。

从2001年到2007年，龙书伍的力气都使在了矿山上。过年是团聚的日子，也是龙书伍这些外出务工的十八洞汉子最盼望的日子。这几天，他们可以安安心心地回到家中，与父母、妻子、孩子团聚。开年之后，龙书伍又和邻里乡亲一起，踏上去矿山的路。

而又是什么原因让龙书伍最后离开了矿山呢？

矿难。

矿山作业太危险！所有有过采矿经历的人对此都深有体会。龙书伍清楚地记得，有一次，他刚刚离开一个矿洞，轰隆一声，好似地震一样，矿洞就塌了。矿洞足有30多米长，却完全塌方下来，若是里面有正在作业的人，那是绝无生还的可能。站在远处被这惊天响声吓破了胆的龙书伍很久才回过神来，默默地吐了吐舌头。这样的塌方实在是很频繁，龙书伍他们也目睹过工友死于矿难。每每看到这些，想到这些，龙书伍就不想在矿山待了。自己上有老下有小，一家子等着自己去支撑呢。可这样的念头也常常被无奈的现实打消——离开了矿山，又去哪里赚营生呢？龙书伍无数次想走，又无数次咬着牙待了下来。

比起几十里地外的那些矿洞，十八洞穷而闭塞。村里的年轻人在矿上赚过一天一两百元的"大钱"，把发财或矿难当作运气来接受，又学会了打牌喝酒，"立志"成为下一个暴发的矿老板，谁又愿意回村种田喂猪过苦日子？

但正如一切命运的礼物早已标好价格，粗放无序的不合规采矿将污染和伤痕留在了花垣大地上。在猫儿乡、边城镇、花垣镇团结片区等矿区，尾矿盖地、污水排江，长达几十年的无序开采导致山上矿洞密集，塌方频频。每当下雨时，山上便流下乳白色的污水，流入农田、汇入河流。

同时，赚钱太容易的矿老板们也很难瞧得上振兴乡村、发展农业的"低收益"。地下的财富被粗放无序地挖出来，变成了显摆的豪车、北上广的房产、大城市的公司，大山深处的一座座苗寨却贫困依旧。

再后来，随着国家对生态环境和安全生产的进一步重视，加上部分矿井无序开采和资源枯竭，花垣的矿业进入全面整治阶段。矿山的喧嚣逐渐沉寂，青山绿水间却留下了难以消退的伤痕——灰白色的是尾矿，黄褐色的是矿洞与滑坡，还有污水浑浊的溪河。

"现在看来，还是咱们十八洞的'洞洞'好，留住了青山绿水，一定会有金山银山。"时过境迁之后的今天，或许十八洞村的村民们都能认识到青山绿水的万分宝贵。可在当时，十八洞人普遍认为这是不幸，十八洞没矿，十八洞人更不会在尾矿库上种田。

被"出产"的后生

年轻的后生有另外一条出路，那就是离开十八洞，远走他乡。

老人们哀叹："村里的年轻小伙子都出去了，不出去不行了，赚钱是一方面，重要的是在村里娶不到媳妇，祖宗的根都断了。""我们这些年龄大的，家里有老人出不去的，也就这样自己过了。没办法啊，村子就是这么个村子，要怪就怪生错了地方吧。"

在大湘西地区，有这样一种说法：有些村子注定"穷不过三代"。就像曾经的十八洞村这类缺乏产业、缺乏资金，甚至缺乏耕地的村子，"种不了田，只能种人"。"种人"的意思是多生、超生，把娃娃们养大，送出去打工。老人们留守村寨，青壮年外出打工，第一代的孩子们或留在村中见不到爹娘，或随父母漂泊回不到苗寨。等在外打工的人们安稳下来，村里的老人们逐渐逝去，再过若干年，这些人和他们的孩子就不会再回到苗寨了。

薄田难以孕育有竞争力的农产，群山更挡住了通向市场的路。在这些久困于大山深处的苗寨，只有一种"出产"不为群山所阻碍，那便是人，劳动力。

人有脚，自己会走；山有魂，给了他们强健的体魄和朴实的性情；家有牵挂，外出的苗家汉子比别人更肯吃苦受累，只为把每一分钱省下来寄回家。二十年来，东南沿海的工厂、工地，到处都有成群结队的湘西苗家汉子。

于是，十八洞这样的苗寨把一批批的年轻人送出去，漂泊他乡打工，就为了"给大家找口饭吃，别窝在村里闲着坏事"。好多后生都是村干部做工作"哄出去"甚至"逼出去"的。

"念完初中就是知识分子"，施金通回忆，当年的十八洞又穷又乱，一些村民超生、盗伐、打牌喝酒……年轻人看不到前途，又没文化没见识，不敢出去闯，只能窝里乱。

为了村里的治安，也为了让大家不都窝在村里抢食吃，曾经的村"两委"多次发动年轻人出去打工，既见世面、长知识，又增加收入。施金通一个小他几岁的亲戚，就是施金通反复劝说，才壮起胆子出去打工的。

"以前考了学才出得去，现在买张票就能闯天下""没路费我借，回不来我接""再苦再累还能穷过咱们这里？"……为了劝村里的年轻人外出打工，村干部们好话说尽，把胸脯拍得砰砰响。

真实原因比村干部加油鼓劲的热腾腾的话语要冷酷：大山深处的村庄，恶劣的交通条件阻碍了市场与物流。从大米到腊肉，从水果到苗药，路远会烂，价高难卖……也许只有人，作为劳动力的人，是唯一不会因为山路艰险而"折价"的出产。甚至可以说，恶劣的生存条件会反过来成为这些"人力出产"的特殊优势——久困山中的苗家汉子们更能吃苦，更容易满足，更怕失去工作……成为不少老板眼中的模范员工。

2000 年前后，全村才 900 多人的十八洞村，最多时有 400 多人外出打工。很多人家连孩子都带走了，村里的木楼冷冷清清。

"门前拴着一条狗，屋里剩下老两口。"杨东仕老人说，那时梨子寨的常住人口中，除了小孩，最年轻的都 40 多岁了。

直到 2007 年，龙书伍才最终下定决心，离开了矿山。

就像去矿山是跟着村里的大部队一起去的一样，这次的新营生，龙书伍又是跟随着村里的大部队。十八洞村有不少人去浙江打工，到了浙江有老乡照应着，这对很少出远门的龙书伍而言，无疑是个壮胆子的事情。

离开十八洞，来到繁华的城市，龙书伍的眼界也跟着开阔了不少。刚开始，龙书伍在一所高校当保安，妻子隆韶英则在高校里做饭、打扫卫生。有一次，夫妻俩被叫到食堂吃早餐，面对各式各样的餐点，隆韶英小心翼翼地拿起了几个肉包子，吃到嘴里面的第一口，她的眼泪就哗地流了下来。

好端端的，怎么就哭了？隆韶英不是累了，也不是受了委屈。那一刻，她想到了待在十八洞的儿子。"我儿子应该会非常喜欢吃这种肉包子，但是他留在十八洞，吃不到。"事后，当问起隆韶英这件事情时，她才坦言心中的万千感慨。

这是一个母亲对儿子的爱，这种爱里，有想见而见不到的思念，除此之外，更有面对贫穷的无奈和心酸。

在浙江的那些日子，龙书伍大多时候是在工厂做五金方面的工作，一开始从学徒做起，凭着踏实肯干和肯钻研的精神，他的技艺越来越好，慢慢从学徒变成了师傅。就这样，龙书伍在浙江待下来了。公司在迪拜有业务，龙书伍得到了公司的充分信任，被派往迪拜，这对来自贫穷闭塞的十八洞村的龙书伍而言，是以前想都不敢想的事情。

2013年春节刚过，当十八洞村里如龙书伍一样的年轻人们收拾行囊，准备继续外出打工时，他们多了一个同路人——村主任龙书优，他辞职了，也要出去打工。

为什么放着好好的村干部不当，非要外出"卖苦力"？

"亏不起了，实在是亏不起了"，向村"两委"请辞时，龙书优都快哭了，说啥也不干了。

因为龙书优算是十八洞村里的能人，他勤劳肯干，头脑灵活，日子越过越富。更难得的是，龙书优家中兴旺，妻子贤惠持家，儿子懂事好学，父母也身体强健，还能在田间地头帮把手。村里人都说，龙家兴旺发达，运势好，就该选这样的人来领头。

对于乡亲们的信任，龙书优也是充满了感激，上任时信心满满，一心想在村里干出一番事业来。

可是巧妇难为无米之炊，这不光是说村里的发展，也是龙书优自家的窘境。自从当了村主任，他再没有时间顾自家的产业，还时不时要为村里的事"垫个钱"。

定贫困户，发补助，喊修路……龙书优这样那样做了不少，可村里还是老样子。他越来越忙，日子却越过越穷，一份在村里人看来"厚实"的家当两三年就折腾没了。到了2012年下半年学校开学，龙书优发现，自己连两个孩子的学费生活费都凑不出了，还要向外人借钱。他和家人感受到了当村干部，尤其是当贫困村的村干部，有多难。

村里不见好，自家又"败"了，龙书优觉得这个村主任实在是当不得了，不能再连累老婆孩子，还得赚点钱养家糊口。盘算了一整个冬天后，2013年的春节还没过完，他就向村里坚决请辞。请辞不成，龙书优索性弃职而去，南下外出打工。

"真怪不得书优，"施金通一边回忆一边叹气，"当十八洞的村干部，实在太苦了。也就早几年，我的皮鞋补了五次还穿着，穷啊！"

龙书优走后，施金通回十八洞村兼任村主任，见证了精准扶贫战略在十八洞村的提出。

在十八洞村，我们采访的人中，几乎80%以上有过外出打工的经历。龙书优、龙书伍、施进兰、杨振邦、杨超文、龙金彪、龙吉隆等，这些后来在十八洞村鼎鼎有名的能人，在2013年之前，无不只能外出务工挣钱。

贫穷让一个村寨从"种田"变成了"种人"，为了维持生计把年轻人变成新的"出产"。这并非十八洞一个村的故事。二三十年来，这样的事，在湘西的崇山峻岭乃至全国贫困地区屡屡上演。

外面的世界当然不是遍地黄金可捡。从推板车、扛大包、烧电焊、建高楼到当师傅带徒弟、开出租开饭店甚至当上了小老板……可年轻人就算扛包、砌砖、端碟子，都好过留在穷村里受穷。这些头一回走出湘西大山的苗家汉子在陌生的城市里，见过了世面也受尽了委屈。

生在一个地方，又去别的地方生活。一辈子都在挣扎，不是为了回到故乡，就是为了离开故乡。在陌生的城市，从大山里走出的苗家汉子在一处处工地、一条条生产线前尽心竭力。他们中有的人甚至远赴阿联酋、俄罗斯谋生。

但在经过几年、十年、十几年的努力后，有了三五千、七八千甚至上万元的工资，这让他们和家人欣喜若狂。就这样，年轻人成了村寨的"出产"，换来一张张寄回家乡的汇款单。

可是，当年轻人成为一座村庄仅有的"出产"，这个村子也基本走到了消亡的尽头。生养他们的山村，则在青山绿水、奇峰秀石间，默默地萧条、衰败。

也是在武陵山区延绵的群山中，沅陵县的另一个贫困村里，我们见过村庄彻底"空心化"后的衰颓景象：村里三分之一的房子上了锁，门前院坪长满荒草。隔着窗看到卧房的床上没有被子，堂屋里没有家具，就连屋檐下的燕子窝也是空的。

"没人住，燕子也不会来的。"村民说。

"他们打工去了，会回来的。"村干部赶忙补充一句，但归期何年，没人知道。

或许，青壮年离开的唯一好处是，这些见过世面、开拓过眼界的年轻人成为一颗颗蕴含能量的种子，一旦时机成熟，将回乡爆发出新的力量。然而，就算是存在这样一种力量，也须得有挖掘这种力量的另外一种力量将其唤醒、激发。

好在，后来的十八洞，收获了这种力量，召回了年轻的人们。

1984 年的娃

十八洞的贫穷，亦是国家的痛。从 20 世纪 80 年代开始，党和政府对武陵山片区等深度贫困地区投来了更多关注的目光。

当年的十八洞，尽管久困于大山，但山外面的发展巨变与寨里苗家汉子的倔强和努力，以及政府的重视，也在缓慢而坚定地改变着这座苗寨和这群人。

当时的村里没有任何集体经济，村会计的全部工作就是在年头年尾，给大伙儿分发上面拨下来的救济钱粮。管过钱当过家的施金通，这才深刻地认识到，自己的家乡穷得可怕。

讲起以前的贫困与扶贫，施金通的记忆就像是打开了阀门的水，缓缓流进了曾经的十八洞，流到了他或经历的或听说的 20 世纪 80 年代。

1984 年，飞虫村当戎寨里一个名叫隆绍宇的男娃出生了，父亲看着新出生的儿子又喜又忧：家里添丁进口，但也多了一张嘴要养活。其实，隆家已经是村里最好的"半边户"了，父亲是排碧街上"吃国家粮"的职工。

1984 年，对农村而言，其意义却远远不止于迎来一个新生命。这一年，排碧公社改为排碧乡，似乎是告诉大家，分田到户已经是板上钉钉。干部们进村宣讲新政策，说中央要帮大家积极"脱贫"。

村民们有些疑惑，不是一直说"贫农光荣"吗？大家甚至已经习惯了靠天吃饭的日子。"日子不都这样过的吗？"在淳朴的湘西农民看来，农民嘛，靠天吃饭靠田吃饭，山里田少就少吃点，似乎是天经地义的事情。这时候的村民，大多对"调动积极性"这样的词语比较陌生。

村民们不知道，此时，贫困地区的扶贫问题正在被纳入国家发展大计。不久之后，一个重大方针政策传遍了中国大江南北。

那是1984年9月29日，中共中央、国务院下发《关于帮助贫困地区尽快改变面貌的通知》。《通知》指出，"还有几千万人口的地区仍未摆脱贫困，群众的温饱问题尚未完全解决。其中绝大部分是山区，有的还是少数民族聚居地区和革命老根据地，有的是边远地区"，"各级党委和政府必须高度重视，采取十分积极的态度和切实可行的措施，帮助这些地区的人民摆脱贫困"。这是第一次以中央文件的形式公开承认中国存在较大面积的贫困地区和较多贫困人口，正式向贫困宣战。

这一年，也被称作中国的"扶贫元年"。

当时，按照人均年收入200元以下的贫困线标准，和隆绍宇家一样受穷的，全国有1.25亿人，湘西州有156万人困在贫穷中，他们房屋不避风雨，甚至食不果腹，艰难度日。"山外青山还是山，只见石头不见田""住的是岩洞洞，睡的是草窝窝"曾是湘西各族部分农民贫困生活的真实写照。

这些村民当时并不知道，自此开始，对于他们每一个人，乃至全国过亿的贫困农民，以后的 30 多年间，"扶贫""脱贫"成为生活的主基调。

让我们把目光转回到隆绍宇身上。那年 8 月出生的他，刚好比"公社改乡"的变化小 100 天，比"扶贫攻坚"的国家政策大一个月；他 30 岁那年（2013 年），家乡成了"精准扶贫"的首倡地。

但要一个当年的婴儿说那些年有多穷或扶贫、脱贫的故事，显然不现实。隆绍宇摇摇头，说当年哪有什么故事。

"呃，我其实姓龙。"隆绍宇想起来，据说上户时办事人员没听清，就写成了隆。隆绍宇的父亲龙连富也不在乎。那时候饭都吃不饱，谁还管一个娃娃的名字该怎么写。

那一年，今天十八洞村所在的飞虫、竹子两村四寨里，共有隆绍宇、隆海东、隆清海、龙丽萍、龙丽坤五个孩子出生。这些穷村的孩子在山间如野草一般生长，没人细究他们到底是姓"隆"还是"龙"。

这一群孩子中，隆绍宇家是条件最好的。他在排碧乡的小学读书，被看作半个"街上孩子"。

从当戎寨走到国道边，再沿着国道去乡里的学校，一个小学生要走一个多小时。每次走这条路，总让隆绍宇感到自己似乎穿梭在两个不同的世界里。

不用说排碧乡的"街上"，就连邻村四新村，都被窝在山里的十八洞人喊作"小香港"。四新村紧挨国道，地势平坦，往来的长途车经常在此停车休息，村民们靠着卖煮鸡蛋、红薯粑粑赚了点钱。

为什么叫"小香港"？四新的村民建了楼——洋楼，水泥房子。那是1996年，隆绍宇回忆，四新村里有人建了水泥瓷砖面的洋房，这让住着四面透风老木楼的十八洞人很是震惊，成群结队过来见世面。

而十八洞的两村四寨里，从隆绍宇记事开始，村里和其他大山深处的村寨一样，扶贫的干部来了一拨又一拨，打工的后生走了一批又一批。开春了，村里发农资；入冬后，政府发救济：再也没人吃不饱饭，但也没见哪家种田发了财。

要说变化，无非村子里木楼更旧了，在家的年轻人更少了。和村里大部分年轻人一样，隆绍宇长大后也去了浙江打工，当过电工、修过水泵，然后回乡娶妻生子，开了家小店，偶尔做些零工贴补家用。在湘西，这几乎是一个普通农村青年的标准简历。

十八洞在精准扶贫前的那30年，隆绍宇说，乡亲们没再挨过饿受过冻，也看到了外面世界的精彩，但自己"没有什么故事可说"。

个人回忆的视角也许太片面，无法描述。对于整个湘西贫困山区而言，从1984年开始的这几十年时间，绝对是改变历史的时期。

当扶贫的号角在湘西大地吹响，各级政府投入了相当大的力量。自此开始，湘西最大的事业是扶贫。

被湘西人称作扶贫司令的湖南省军区原副司令员彭楚政，在这一年担任新成立的湘西州扶贫工作领导小组副指挥长。那个冬天，他拄着拐棍翻山越岭考察调研，行程逾 5000 公里。1985 年农历正月初二，他把一份长达 3 万字的《关于解决无房群众住房问题的报告》上报湘西州党委。报告里有这样一组严峻的数字：在湘西，至少有 1.3 万户约 7 万人栖身在岩洞、草棚里。

"向贫困宣战"，湘西脱贫的"第一次会战"打响。彭楚政记得那些年湘西对贫困发起的每一场战役：接下来的两年，15 万民兵为群众建房 1.3 万栋，7 万多无房群众迁进了新居；两个冬春打水井 850 眼，修引水渠 400 多公里，建蓄水池 1200 多个，基本解决了 31 万人的饮水问题；苦战 10 年，新建改建学校 502 所，让 5.3 万名山里娃走进了新教室……

1994 年 3 月，国务院制定和发布的关于全国扶贫开发工作的纲领性文件《国家八七扶贫攻坚计划》指出，力争用 7 年左右的时间（从 1994 年到 2000 年），基本解决全国农村 8000 万贫困人口的温饱问题。从此，我国的扶贫开发进入攻坚阶段。

1994 年 9 月 27 日，湖南省委、省政府出台《关于支持湘西土家族苗族自治州实施"八七扶贫攻坚计划"的意见》，举全省之力支持湘西实施扶贫攻坚，规定由省直单位和长沙、湘潭、株洲、岳阳、衡阳及常德 6 市对口扶持湘西州。永顺、保靖、花垣三县被划定为国家扶贫重点县。

1999 年 12 月，湘西州委、州政府作出关于加快扶贫开发，努力稳定脱贫、逐步致富的工作部署。

2004 年 6 月 28 日—29 日，湖南省委、省政府部署实施湘西地区开发战略，湘西州纳入湘西地区开发重点地区。

2008年12月18日，湘渝高速公路常吉段建成通车，湘西州迎来高速公路时代。

2011年11月15日，国务院扶贫开发领导小组在湘西州召开武陵山片区区域发展与扶贫攻坚试点启动会，标志着以连片特困地区作为主战场的国家新一轮扶贫开发战略正式实施。

......

这，就是不可忘记的、不可忽略的，过去的十八洞村的贫困与扶贫。改变的方式更主要是整体性的、基础性的，改变的过程是缓慢的。

脱不了的困

蛰伏在大湘西群山中的十八洞，在扶贫春风吹拂下，变化得悄无声息。

我们可以把精准扶贫前的扶贫工作，比作脱贫攻坚的"上半场"。30 年来做了啥？问村里的老人，大家都说"做了好多咧，数得出，记不清"。

为什么"数得出，记不清"？施成富和石拔专说，"年年都扶贫，项目差不多"。年复一年，开春会发春耕的种子化肥，过冬能领"送温暖"的钱粮衣物，精准扶贫前村里至少来过四批扶贫工作队，从县里的到省里的，来了就发动大家修路、建学校，上山搞产业。隔三岔五，总有大学生进村支教，州里县里的医院送医下乡。也吃过台湾同胞送来的大米，领过香港慈善机构捐赠的衣物……这么多年来，就算年成再差也没人冻着饿着。

但要说到脱贫，就是另外一回事了。十八洞就这点山坡上的斗笠田，人均八分地，种田只够吃饱饭。一亩年产粮 800 公斤的高产田，除去化肥、农药等成本，一年下来赚不了 500 元。

其实真要细算起来，村民们的日子还是一天天好起来了。老年间吃得饱、穿得暖、有房子住就是好日子了。退休后回村居住的杨东仕老人说，只是比起外面世界的发展，大山里的十八洞发展得太慢了，"贫困，贫困，从来都是比较而言"。

也就早几年，"我就不说是哪一家了吧"，施金通说，有扶贫队员花 5000 元，给一户没技能的困难户买了一头牛，心想养牛也算给他找了个事做。一个多月后，这户村民嫌每天割草看牛太辛苦，就干脆把牛杀了，吃了顿全牛席，把剩下的牛肉卖到集市上。送牛的扶贫队员听说后，赶上门理论。谁知道这名村民大大方方地请扶贫队员一起吃牛肉，还宽慰他说，"没事没事，我相信你们，相信党和政府不会看着咱们饿死的"。

村在路边，却无路下山，这曾是十八洞村的困境最直观的写照。龙书伍指着寨子前方的那条路说道："我到吉首读书时，村里到国道还不通大路，走的全是泥巴路。这条路的前身是一条岩头泥巴垒出来的土路。那是 1998 年到 2001 年，大家一铲子一锄头挖，才拉通了进村的毛坯路。"

修不起路的十八洞人其实对路有着长久的执念，甚至怨念。翻过两座山就是原川湘公路。近百年来，沈从文笔下那些"大马路上过的洋汽车与女学生"，花花绿绿的洋布与商品，都从山那边的公路经过。湘渝高速通车前，紧挨着国道的邻村四新村，光靠卖煮鸡蛋和红薯粑粑给过路司机，都过上了不错的日子。

而十八洞村，因为山高路烂不通车，买啥卖啥只能靠肩挑背驮，被戏称是猪坐轿子人当马。"就算白送你一头猪都抬不进来"，村民们一直都想有一条出村连接公路的平整路。

到了 1998 年，一个打通村级断头路的政府项目让十八洞人看到了希望。原竹子村老支书杨五玉回忆，只要村里开工修路，政府就负责开山炸石。于是，竹子、飞虫和邻村张刀三个村，从那时起开始合作修建通往 209 国道的村道。

"那时账上没有钱，村里没人（壮劳力外出打工），更雇不起工。"杨五玉说那时大家都怕修路政策过期作废，只能咬着牙开工修路，把修路任务分到户，每家修几米。

靠"摊派到户"来修路，其中艰难可想而知。这条连接梨子寨、竹子寨到村口国道的"一车道"路，不过几公里，却整整修了三次才完工，从 2001 年延续到了 2011 年。第一次是 2001 年老支书杨五玉带着村民开山扩宽路基；第二次是 2005 年，靠湘西州的资助将道路硬化铺上了水泥；第三次是省民宗委的入村工作队带着修通了村部到国道的入村路，还修了个气派的村口大门。

愚公移山也不过如此。梨子寨的杨超文回忆，2001 年老支书杨五玉带着竹子、梨子两寨村民，把任务"摊派"到户，每户要修五米或十米。不要小看这五米、十米的工程量，穷村里请不起施工队，更没有挖土机，从土路拓宽成勉强通车的小马路，家家户户都是用锄头和钢钎在山坡陡崖上一寸一寸、一米一米地凿出扩宽的路面，再靠肩挑背扛运来碎石、细沙铺路。

"天很冷，早上出工，烤个红薯或者糯米粑就是中饭，苦咧。"那时杨超文在广东打工，为了不让父亲累着，他辞工回家修路，肩膀磨出血，自己累出病，才把分配给自家的五米路修完。

像杨超文这样踏踏实实修路的人有，可不但不支持反而阻工的人也有。

当时的飞虫村的老支书石顺莲清楚地记得，也是在这段时间，有一次她接到电话，说是有人把施工队的钢板给拆了，丢到了鱼塘里。那时，已经是晚上12点了。石顺莲知道，钢板是公家的东西，不能在自己村上丢了。于是，喊上当村主任的堂弟一起，连夜跳到水塘里去摸钢板。鱼塘里面什么都有，扎得脚生疼，可他们顾不得那么多。终于，堂弟兴奋地喊了起来："二嫂，二嫂，我找到了，钢板在这里。"就这样，村支书石顺莲和村主任一起，费了九牛二虎之力，从水里把钢板抬了起来，交还给了施工队。

我们有些不解："为什么会出现这样的事？"

"因为穷，有人对村上不满，有人故意搞破坏。"石顺莲感叹，"好在现在这些人都已经完全改变过来了。"

终于，在大家的努力下，连接张刀村、竹子村、飞虫村再到国道的路通了。村民们也头一回坐车出门，出村时间从半个上午缩短为二十来分钟。这段道路硬化后，杨超文第二次回乡，买了一辆小面包车，一边做小生意一边接送村民进出。

可村里太穷，"还是赚不到钱"。不久之后，无奈之下的杨超文卖掉了车，第三次出门打工去了。

提起这些，我们并非指责当年扶贫的低效。无论是十八洞村、湘西州还是整个中国的集中连片贫困地区，没有之前的扶贫工作作为基础，就没有后来的精准扶贫之变。这就好比吃饭，施金通说，"你不能说第四个馒头才饱肚子"。

进入 21 世纪，国家进一步加大了对湘西州的扶持力度。曾经燃烧过革命熊熊烈火的湘西大地，燃起了治穷脱贫的希望之火。

近年来，在国家、湖南省委省政府及上级相关部门的支持下，湘西州委、州政府带领全州各族干部群众紧紧抓住新一轮国家扶贫开发、国家西部大开发、湖南省扶贫攻坚主战场、国家武陵山片区区域发展与扶贫攻坚先行先试、习近平总书记视察湘西州等重大历史机遇，团结拼搏，艰苦奋斗，扶贫开发工作取得了显著成效。与 2008 年底相比，到 2013 年，湘西州全州农林牧渔业增加值由 41.5 亿元增加到 64.1 亿元，增长 54.5%；农村居民人均可支配收入由 2574 元增加到 5260 元，增长 104.4%；农村贫困人口减少到 71.76 万人，农村贫困发生率下降到 29.12%。

在湖南，尤其是湘西，很多老一辈的人还记得半个世纪前名动全国的"洛塔样板"。20 世纪 70 年代初，也是在湘西州，龙山县的洛塔公社曾以"湖南的大寨"而闻名。这里缺水少田，洛塔人就靠绳梯、背篓和锄头，下天坑拦阴河筑水坝，引水修渠开辟梯田，5 年建成高标准梯田 4000 余亩，彻底解决了吃饭问题。但是时至 21 世纪初，洛塔仍未脱贫。

"水渠尚在，梯田半荒"，一名当年参与过洛塔建设的退休干部十多年前故地重游，看到附近村里的年轻人多已外出打工——石头山上种几亩田的收入当然比不过外出打工。老人说理解年轻人的选择，可想到当年背着水泥爬绳子下天坑的"洛塔十八勇士"，他心里总不是滋味。

新时代剩下的那些"最后的贫困"，往往不是吃不饱饭的"贫"，而是缺乏比较优势赚不到钱的"困"。市场经济下，如果一地一村缺乏比较优势，那就是"人有脚，会走；货比货，卖不脱"，终将衰败。

从 20 世纪 80 年代开始，国家虽然没有放弃十八洞的老苗寨，可老苗寨里的人们却也没有真正富起来。

太久的无可奈何是消磨斗志的，挣扎之后的十八洞村人，只能留给这座古老寨子一个落寞的眼神，或是一个离去的身影。

问题出在哪里？十八洞人在期盼答案，国家在探索。

第三章

精准之变

>>

工作队的难题

"总书记来了！""总书记来过！"

沸腾过后的苗寨该向何处去？十八洞村民们欣喜、幻想之余难免茫然。

什么是精准扶贫？如何才能彻底摆脱贫困？十八洞很多人尚未意识到，这份关于"精准扶贫"的重要指示，正是他们期待已久的破题之法。而党和国家带领他们所答的这份卷子，在不久的将来，载入了中国扶贫大业的史册。

时间回到2014年的十八洞，改变从这里开始，改变的过程却也如山路弯弯，艰难而曲折。

作为"精准扶贫"首倡地，十八洞村必须面对同样激烈的市场竞争。不靠"总书记来过"的光环化缘要钱，这个大山深处的苗寨孕育着怎样的竞争优势？不当聚光灯下的"盆景"，这一轮的产业发展如何做到"精准"到位，彻底脱困？

这对十八洞村所在地花垣县委、县政府是一个巨大的考验。

当时花垣县的主要领导决定把精准扶贫作为最大政治任务和第一民生工程来抓。上高山、下田埂，走小组、入农户，2014年上半年，县委主要领导五分之四的时间都在十八洞村入户调研，225户一户不漏，在家的700多人他无人不熟悉，其他干部戏称他"既是县的书记，也是村的书记"。

很快，"十八洞村精准扶贫工作队"成立了。在机关工作多年的龙秀林没有想到的是，自己有朝一日还会回到基层。

那是2014年1月的一天，龙秀林突然接到通知，说是要他到县委常委会议室参加研究十八洞村扶贫工作的会议。此时的龙秀林正在花垣县委宣传部工作，扶贫工作会议怎么会要自己参加？他一时丈二和尚摸不着头脑。让他更想不到的是，这个重要的工作竟然落到了自己头上。

来到会议室他才知道，原来县委、县政府已经决定成立"十八洞村精准扶贫工作队"，在十多个工作队员的名单中，他不仅赫然在册，而且还是队员们的领头人——工作队队长。并且，扶贫工作队到十八洞村不是待一周、一个月、半年，而是三年，吃住都要在村里。

"知道为什么派你做扶贫工作队队长吗？"散会后，县委主要领导将龙秀林单独留下来。

龙秀林当然不知道，其他的队员也不明白为什么会这么安排。龙秀林之所以毫不犹豫地领下这个任务，是因为作为一个公职人员，军令如山。

县委主要领导耐心地跟龙秀林分析了县里领导班子如此安排的用意和原因。其一是龙秀林有八年乡镇党委书记、乡长的工作经验，擅长跟老百姓打交道；其二是因为作为宣传部副部长的龙秀林能说会道、能写会算，能用文化的理念来感化老百姓。

龙秀林，这个 40 岁上下就已有了白发的宣传干部，眉毛中间一道道深深的沟壑，宽大的脸庞和一双炯炯有神的眼睛，似乎都在说明这个男人有着善于思考的头脑。在后面的日子里，他为十八洞村的脱贫攻坚费尽了心思。

既然习近平总书记这么关心十八洞村的老百姓，县里领导班子又这么器重自己，龙秀林下定决心，要竭尽全力做好党和政府安排给自己的事情，将十八洞村的精准扶贫工作按质按量地完成好。

在习近平总书记离开十八洞村两个多月后，2014 年 1 月 23 日，过小年那天，时任花垣县委宣传部副部长的龙秀林，带着四名工作队队员扛着铺盖（棉被）进了村。龙秀林回忆，出发前他搁笔放下的是一篇没写完的材料，而接手的是一份尚无答案的"精准"试卷。

"这也许是我这辈子最大的事了。"龙秀林说。

其时，忐忑的不只有龙秀林和工作队员们，十八洞的村民们对于新来的扶贫工作队也是既充满好奇，又疑虑重重。

总书记刚走，一个既不管钱也不管项目，"只带了一张嘴"的宣传干部来村里当扶贫队长，这让不少村民摇头叹气，更有人直接问龙秀林，"（总书记来）都三个月了为什么还不发钱？""上面拨的钱是不是被克扣了？"

十八洞村原村干部施进兰就问过这样的问题。

2013 年之前，施进兰在浙江打工。在电视上，他看到习近平总书记来到了十八洞村，兴奋不已，连忙拨通了家里的电话。确认情况后，第二天，他就来到老板办公室说要请假回家看看。老板只管效益不管其他，况且到了年底，本来就忙，哪里肯批假。施进兰坚持要回家。老板说，若是执意走，那就扣工资。施进兰毫不妥协地说，扣工资也得回家，大不了辞职不干了。

在一番软磨硬泡之下，施进兰终于还是回家了。此时，他回家自然不是为了回去支持村里的发展，也不是想去凑别的热闹，他心里想的就一个事：回家分钱。他想着，总书记来了，国家肯定会拨不少钱到十八洞村。事实上，施进兰说的是实诚话，在当时，跟他有相同想法的大有人在。在这以前的扶贫，工作队就是来发钱发物的，施进兰以为，这次也跟以前一样。

回家一看，施进兰才发现，事情跟以前不一样。不久之后的2014年初，花垣县委、县政府派来了工作队，施进兰找到龙秀林，当头就问："你们来了有没有带钱？"

龙秀林先是一怔，沉思了半晌，说："有钱，但不是现在。"

几年之后的今天，施进兰依旧清清楚楚记得龙秀林说的这句"有钱，但不是现在"。

可当时，施进兰很失望。他感觉，龙秀林他们只是带了一张嘴，要钱没钱，要什么没什么。

当然，也有"好心人"拍拍龙秀林肩膀，给他加油鼓劲——"总书记都来过了，咱们村（脱贫）就看你们了。"

"什么叫'就看你们了'？"龙秀林听了这话一夜都没睡着——如果村民都是"看你们"的想法，那上多少项目发多少钱都没用！

是的，以往的扶贫，其实就是干部驻村当"项目经理"，发钱发物、修路建房、带项目上门……部分村民有这样的想法也算正常。但是，"躺着"的人是扶不起来的！龙秀林认定，让村民"站起来"，是扶贫工作队要解决的第一个问题。

龙秀林是当过八年乡镇党委书记和乡长的"老基层"，当然不会被这一两句话吓倒。但是入村第二天，龙秀林和队员们就遇上了一个不大不小的"下马威"。这一回，不是"躺下去"的问题，而是"跳起来"的麻烦。

竹子寨和梨子寨之间在修路，刚开工就出事了，有村民堵着不让开工。"凭什么修路占我家的地，补偿呢？"竹子寨村民施长寿急红了眼，带着两个儿子拿着柴刀和钢棍，堵在工地上不让开工。

眼见开工受阻，盼着早日通路迎游客的一群村民围上来指责施家父子，说再不让开就把他们"扔到田里，开除村籍"。两帮人越吵越激动，械斗一触即发。

土地是农民的命根子，在人均只有八分地的十八洞村，占地补偿更是天大的事。"不讲利益不行，光讲利益也不行。"当天晚上，龙秀林、工作队员和时任村主任施金通在竹子寨约上白天发生冲突的村民，围坐火塘边来"讲道理"。

十八洞"火了"，现在游客要进村，特产要运出，都得先把路拓宽修好。可施长寿一家也理直气壮：修路最先占的是自家田，万一后面路段的村民不让田，路没修成，自家的口粮田又没了，那就成了全村的笑话。"嗯，你信不？（施工路段）后面的人家还要抱怨我家带错了头。"

"如果他家今天让出了土地，接下来要占大家的地，大家让不让？"龙秀林站起来问白天要把施长寿"开除村籍"的村民们。这时，火塘边有人在拍胸脯，也有人嘀嘀咕咕。迟疑了一阵后，村民们都表态："让！都让！当然让！"但语气远没有说出的话那么坚定。

龙秀林看得出大家的疑虑——修路当然是好事，但比起得到，十八洞村民更怕失去。

十八洞是个典型的湘西山村，地无半亩平，家家户户就靠两三亩地谋个温饱。就算修路、建设的好处再明显，穷怕了的乡亲总想着先保住现有的那一点点。

且不说占地多的修路了，村干部对龙秀林诉苦，就连只要挖几个洞立电线杆的农网改造都是大麻烦，电线拉到哪里，听到的第一句话都是"你要在我家田埂上立（电线）杆子，一个洞怎么算？过线要砍我家的树，一棵树算多少钱"。

"喝鸡血酒，写保证书！路一定要修起来。"龙秀林也是苗家汉子，他发了个狠，要大伙按照苗家的老传统来个歃血为盟。当着寨里几十号人的面，村主任施金通写了一份保证书，杀了只鸡，让干部、村民喝过鸡血酒再一个个在上面签字按手印，没有印泥，用的就是喝剩的鸡血。看着血红的保证书，村民们心里有底了，施长寿父子也利索地让出了土地。

一起喝过鸡血酒，趁着酒暖心热，龙秀林又对村民们提出一个更"过分"的要求：今后凡是村里的公益事业建设，占地五分以内，村民都要无条件支持，不计补偿。村民们正在兴头上，都说同意。又是一番签字画押后，十八洞村第一份搞建设不要占地补偿的"公益发展契约书"就此出炉。

第二天工地再次开工，村民杨秀生站出来说，他家那块田不要了，让施工队把土填上。还有人把村里所有的鞭炮都买了，拿到工地上噼里啪啦地放……龙秀林回忆，有个青年很久后才告诉他，"本来以为你只是一张嘴，没想到这么厉害，把拖了很久的问题一下子就解决了"。

为修一条路搞"歃血为盟"，龙秀林也知道，自己可能会担"政治风险"。事后有人问龙秀林，为什么不从项目上出钱"做工作"？又不是没这个钱。

"救急的方子不治病啊。"龙秀林苦笑，所谓对阻工村民"做工作"，不是惩罚"刺头"，就是"砸钱"提价。这些老办法看似见效快，其实不解决问题。惩罚只是强压矛盾，村民口服心不服；而"砸钱"更会让后面的人坐地起价，都是"栽个盆景糊弄一时"。

而"歃血为盟"看似简单粗暴，甚至带点落后和迷信的味道，却让修路从"你们的事"变成了村民"咱们的事"。

从修路回到精准扶贫的大课题。精准扶贫的根本在哪？如何拔掉村民心中的"穷根"？几天下来，龙秀林和队员们认为，等着发钱的"躺下去"和生怕吃亏的"跳起来"，其实来自同一个隐患——长期的过度贫困，让村民"等靠要"的思想严重。

不光是十八洞村，在花垣县、湘西州，乃至全国的任何一个

进村公路全线贯通，十八洞村的交通更加便利

深度贫困村，宣誓向贫困宣战、派工作队驻村扶贫都不是第一次尝试。作为一名当了八年乡镇党委书记和乡长的"老基层"，龙秀林见过太多湘西农民的希望与失望：绝壁上筑起梯田，吃饱了饭却挣不到钱；全村齐心协力修出开山路，还是只能送后生们出去打工；下定决心全村搞产业，种果树赶上小年歉收，种药材遭遇市场"变脸"；政府发放的小猪和鸽子苗、鸡苗，养不好就成了闲汉的下酒菜……年复一年，下村的干部熬白了头，寨里的年轻人越来越少，大山深处的一座座村子还是年年扶贫年年贫。

没有人生来就愿意"等靠要"。但长期的困顿，让部分村民把"等靠要"当成了一种惯性选择。

更何况，习近平总书记来过，精准扶贫在此首倡，突如其来的历史性机遇也让一些村民"等靠要"的底气更足了。当时，十八洞村里挤满了"慕名而来"的各地各单位所带来的援建项目，到处都是工地和成堆的建筑材料。村民们看在眼里，痒在心里，在一些人看来，这些都是天上掉的馅饼，此时不"要"更待何时。

当时，不光十八洞村里在传"上面拨了几个亿"……隔壁几个村甚至传言"国家给了十八洞 30 个亿"，一遇开会就逼着十八洞的老支书摆酒请客。

所以龙秀林和队员们一进村，村民们就围上来追问什么时候发钱……还有人半夜贴出大字报，说扶贫队把钱贪了，不发给大家。村干部建议龙秀林追查大字报。龙秀林拒绝了，"查出谁写的又如何，既不解决问题，还会增添新矛盾"。

其实，扶贫工作队和十八洞的村"两委"都明白，十八洞不能只把习近平总书记来过十八洞当作幸福和荣耀，更应当作责任和使命。十八洞扶贫更不能靠各路神仙今天投点资，明天自己化点缘，来完成这份精准扶贫的答卷。

怎么办？国人常说要干大事，须"天时地利人和"。习近平总书记在此提出"精准扶贫"的重要论述，十八洞苗寨一夜间闻名全国。这里又以风光秀美的"小张家界"而出名，地处德夯地质公园景区，紧邻吉首，可以说十八洞"天时""地利"都不缺。

脱贫的关键在于"人和"即心齐，龙秀林意识到十八洞村要脱贫，最关键的不是钱，而是聚拢人心，解开大家"等靠要"的心结，激发"我要脱贫"的内生动力。

那一刻，他更深刻地明白了习近平总书记提出精准扶贫的重大意义。站在施成富家的地坪里，望着脚下云雾缭绕的山谷，龙秀林陷入了沉思。他在思考，十八洞的这个贫到底该怎么扶？

第一个"精准识别"

当时的十八洞村，很多老百姓都想当贫困户，拿传说中的"中央补助"。谁才是真正的贫困家庭贫困人口？如何让大家心服口服？这些问题成了精准扶贫工作队面临的第一个大难题。

要精准扶贫，先得精准识贫。只有解决识贫"数不清"、扶贫"瞄不准"的老问题，才能找准要扶之人，精准扶贫才能实实在在落地。

在此之前的扶贫，贫困居民数据大多来自抽样调查后的逐级向下分解，扶贫中的低质、低效问题普遍存在。贫困村民情况不明，扶贫对象通常是基层干部推测估算的，扶贫资金的使用也随意性很大，难免造成应扶未扶、扶强不扶弱等问题。

为此，以龙秀林为队长的精准扶贫工作队想尽了办法。

2014年1月25日，时任花垣县国土资源局副科级干部龙志银接到龙秀林的电话。电话那头，龙秀林道出了自己遇到的问题："龙主任啊，我现在有个头疼的事，贫困户到底怎么评定，老百姓才不会有意见呢？你经验丰富，能不能帮我思考思考？"

"这事难，却必须做。龙队长，你放心，我找吴式文（也是花垣县委抽调到十八洞村的精准扶贫工作队队员）一起来想想，一定能想出好办法。"虽然一口答应了龙秀林，但挂了电话，龙志银就开始犯愁了。贫困户到底要怎么识别才能既做到精准，把最困难的农户纳入建档立卡贫困户，又能确保群众充分参与，且对评定结果没有意见呢？这个难题在龙志银心中画上了一个大大的问号。

好在龙志银曾长期在排吾乡人民政府工作。在基层工作的那10年，他参加过很多次村"两委"换届选举、乡党委政府换届选举、县乡人大代表选举工作，他清楚地记得，所有这些采取的都是民主集中制的选举办法，也就是把选择权交给老百姓。贫困户精准识别何不也采取这种办法？一个念头在龙志银脑子里一闪而过，他仿佛找到了破题的钥匙。他有些兴奋，当即便找来了在县民政局工作的老朋友吴式文商量。龙志银把这个想法说出来时，同样有着村"两委"换届选举丰富工作经验的吴式文，想法与他不谋而合。两人当时就决定，参照乡党委政府换届、人大代表选举、村"两委"换届的方法，将民主选举的思路复制到精准识别贫困户的工作上来。如此一来，就能将贫困户识别的权力交给广大人民群众，杜绝暗箱操作与关系评定。

两人将思考的结果告诉了龙秀林，龙秀林连连说好。

不久后的一个晚上，一个重要的会议在十八洞村村委会议室召开。

花垣县扶贫办主要领导、十八洞村精准扶贫工作队、原排碧乡党委主要负责人、十八洞村"两委"成员全部到齐。这个会议，他们讨论的重点就是：十八洞村如何开展精准扶贫？

"十八洞的扶贫，重点在'精准'二字！"龙秀林开了个头。

可如何精准呢？大家面面相觑。

"习近平总书记在我们村提出'实事求是、因地制宜、分类指导、精准扶贫'，总书记还明确要求'不栽盆景，不搭风景''不能搞特殊化，但不能没有变化'，以及脱贫经验要'可复制、可推广'，这些，我认为都是我们要重点考虑的问题。"龙秀林接着说。

"关键是如何才能做到'精准'。"有人说道，"要做到'精准'首先得找准要扶之人。"

早在 2014 年 1 月 24 日，精准扶贫工作队刚驻村的第二天，龙秀林他们就开始对全村 225 户农户进行深入摸底，详细了解每户村民家庭成员基本情况、收入情况等，并召开群众大会，听取村民意见，甚至还归纳出了一些贫困户识别草案。

也是在这段时间，一跑回来就问"带了多少钱"的村民们看到了精准扶贫工作队的"与以往不同"。

施进兰说，他亲眼看着扶贫工作队与老百姓同吃同住，为村上尽心尽力，他开始为当初自己只想着分钱而感到惭愧。

在这年的 4 月，十八洞村支委换届选举，施进兰当选副书记；5 月村委换届，他又高票当选村主任。当上村干部之后，施进兰陪着扶贫工作队员上门摸底、摸排，每家每户走访和做工作。每一件事，都是那么具体、那么细致，他才真正理解了这次精准扶贫的意义，了解了扶贫工作的难度。

直到 2016 年十八洞村从贫困村出列，施进兰又想起了龙秀林当初说的那句话："有钱，但不是现在。"扶贫工作队用汗水和辛劳兑现了实实在在的承诺。这是后话。

可在一开始，村民对扶贫工作队有意见的还是占大多数。

"村民有意见，那就证明我们的工作不深入，我们要把工作做细致些。"龙秀林望着大家说，"第一步，我觉得应该是精准识别贫困户！"

话音刚落，会场响起了各种声音。

"好多人想当贫困户，这怎么识别嘛！"

"有人违反计划生育，生了好些个孩子，若是这样导致的贫困，总不能给他评贫困户吧？"

"若是那些好吃懒做的人，家庭肯定就贫困，也要给他评贫困户？"

"全家人外出打工的，能当贫困户吗？"

"家里有车的能当贫困户吗？"

"老是妨碍公益事业，不支持工作的，能评吗？"

……

就着一团熊熊燃起的火，村委会议室的讨论非常热烈。

"我们跟龙队长讨论过，评选贫困户的权力还是要给到老百姓手中，毕竟村民们才对左邻右舍知根知底。"龙志银将自己这些天的思索抛了出来。

"对，现在关键是，我们得先制定一个标准，让老百姓有个依据。"龙秀林点出了会议的讨论中心。

那么，如上所述的，违反计划生育的，好吃懒做致贫的，妨碍公益事业的人到底该不该评为贫困户？大家仁者见仁，智者见智。本着少数服从多数的原则，最终，此次会议讨论出了十八洞村最初的"精准识别九不评"标准：拥有砖混结构楼房或在城镇购有商品房的家庭不评；2000 年以来违反计划生育政策和未按规定落实计生手术的家庭不评；打牌赌博成性，经营或提供赌博场所，正在服刑、劳教或正被警方通缉和屡教不改的"两劳"释放人员的家庭不评；不务正业、懒惰成性的家庭不评；不履行赡养义务的家庭不评；时常刁蛮阻挠公益事业建设和当地经济发展的家庭不评；全家外出打工经通知不回家的家庭不评；国家机关、事业单位工作人员的家庭不评；拥有大中型农业机械、农用车、矿车、面的、轿车、中巴及经营性加工厂的家庭不评。

这样的"九不评"称得上是十八洞的一大创举，并且马上被运用到接下来的贫困户精准识别中。

紧接着，龙秀林带领扶贫工作队马不停蹄地走家串户，摸底排查。很快，由村"两委"、党员代表、组长、村民代表组成的贫困户识别评议小组成立了。农户自己提出贫困户书面申请，扶贫工作队和村"两委"将十八洞村 225 户农户分成小组，以小组为单位，召开群众大会。所有农户的户主姓名都列在精准识别选票上，每户人家都有投票权。在贫困户识别大会上，以"九不评"为标准，群众对家庭困难的农户进行打分投票，以得分多少来确定候选名单。

为了精减程序，确保事半功倍，候选名单出来后，扶贫工作队、村"两委"成员、村评议小组成员、乡党委政府领导、花垣县扶贫办等一起召开评议会议；评议通过后，通过识贫、校贫、定贫三部曲，及时在村里公告公示，然后报乡政府走审核程序，再报县政府审批，最后开展入户登记。

后来，十八洞村将这一系列识贫程序归纳总结为"七步识贫法"：户主申请、投票识别、三级会审（县乡村共同会审）、公告公示、乡镇审核、县级审批、入户登记。

最终，在2014年上半年，根据"九不评"和"七步法"的精准识别方法，十八洞村确定贫困户136户533人，并将数据录入"国扶"系统。如此一来，识别的权力真正交到广大群众手中，人人参与、全程监督。这样评出来的贫困户，家家户户都服气。

在当时，这样精准识别贫困户和贫困人口的工作办法，在全国应无先例。龙秀林和他的伙伴们认为，十八洞原创的"识贫经"，算是在全国扶贫地区可复制、可推广的第一个"十八洞经验"。十八洞村"精准识别"经验确实迅速走出湘西，推向湖南全省，成为最初的识贫蓝本。

2016年2月3日，习近平总书记在江西看望慰问广大干部群众和驻赣部队时强调，在扶贫的路上，不能落下一个贫困家庭，丢下一个贫困群众。

十八洞村很快发现，在原来的"九不评"中，关于超生不评的内容与"不能落下一个贫困家庭，丢下一个贫困群众"思想有所出入，于是很快又对"九不评"内容进行了修订。在新的"九不评"中，将"2000年以来违反计划生育政策和未按规定落实计生手术的家庭不评"的内容去掉了，又根据中央扶贫精神，对其他内容进行了修订。

在多次精准识别"回头看"的过程中，十八洞村对贫困人口的识别日益精准。如果将精准扶贫比作考试，"识贫经"算是这份十八洞答卷的开篇破题。而接下来"怎么扶"，龙秀林和工作队员们决定宁可慢一些，也要先把村民的精气神提起来，把村民们的心意聚在一起。

由竹子、梨子、飞虫、当戎两村四寨合并而成的十八洞村，村寨之间距离较远，贫富不一。要凝心，并不容易。

合村十多年来，十八洞村合心不合，百姓之间很多互不相识，开会喊不拢人，做事叫不动人。四个寨子各搞各的，甚至还扯皮打架。前面提到的修路占道不让地的事，还有一个原因便是村民间的不来往、不熟悉，各自为政。通往梨子寨的路经过竹子寨，竹子寨的部分村民觉得这条路跟他们没多大关系，因此不愿让地，以为这只是方便了梨子寨的人。类似的事，并不少见。

分散的人心必须聚拢，为此，扶贫工作队和村"两委"商议，必须通过人为"制造"一些场合，将村民聚在一起，将散落的人心凝聚起来。

不久，十八洞村有了自己的篮球队。篮球队从每个寨子选人，又与别的村开展友谊赛。平日里素不来往的村民们，到了篮球场上又都拧成了一股绳，为自家的球队呐喊助威。苗族同胞素来热情淳朴，一来二去，攀谈间，村民们不知不觉熟络起来。

扶贫工作队决定不让这份热心冷却，紧接着是赶秋节，在立

苗族赶秋节热闹非凡

秋那日，村民们义有了一次聚在一起的机会。从 2014 年开始，十八洞村的几个寨子开始聚在一起过苗年。壮实的汉子们抡起木槌，在嚯嚯声中打起了糍粑。勤劳的女人们也在灶台旁忙开了。600 多人的盛会，让十八洞村这个沉寂了几百年的山寨热闹了起来。唱歌、跳舞、喝酒、闲谈……好一片温馨热闹。

最有十八洞特色的节日当属"11·3"纪念日了。顾名思义，这个节日是为了纪念 2013 年 11 月 3 日：这天，习近平总书记来到了十八洞村，从此，这个日子在十八洞村所有村民的内心深处闪耀着光辉。

在每年 11 月 3 日这天，四个寨子的村民从四面八方赶到十八洞村梨子寨少有的大平地——停车场。上午，全体村民大会在这里召开。在大会上，扶贫工作队和村"两委"总结一年的工作，表彰优秀村民。下午，开展趣味体育运动，比如拔河比赛、背媳妇等，欢声笑语响彻山间。晚上则是文艺汇演，村民自编自导歌舞、小品等，尽显其才。

在"十八洞村'11·3'纪念日汇报演出"的舞台上，苗家阿婆们手里娴熟地纺着纱，深情唱着苗族古老的歌谣，那声音仿若来自大地，质朴得不含杂质、不用修饰。歌词大意是：

我们在堂屋烧了一大堆火

大家静下来听我们唱几句

辛苦情郎帮我们买了这么多棉花

买得棉花让我们来纺纱

纺成纱来做成布

织成布来做新衣

做成新衣送情郎

苗族，这个古老的民族，在代代相传的古老歌谣的婉转词调中，仿若蒙上了一层历史的风沙。可我们也分明看到，在舞台灯光的照耀下，十八洞村村民们的脸上又焕发着新时代的笑容与光彩。

改变人心的星星

一个欢乐喜庆喧闹的节日过后，第二天清晨，阳光打在苗家的土地上，苗族同胞们的生活在继续，十八洞的变化在继续。

道德评比，算是十八洞村精准扶贫工作队扶贫扶志的一大创举。

评比分公益事业、遵纪守法、家庭美德、社会公德、职业道德、个人品德六项，关系到村子里每个家庭。与会的全体村民以组为单位，按照这六项对每个家庭成员无记名打分投票，当场唱票，当场计分。家庭成员综合得分90分以上为五星级家庭，80分以上为四星级家庭，70分以上为三星级家庭，60分以上为二星级家庭，50分以下没有星级。每个星级都必须在家门口挂上星级牌。对平时家风不好的，每次评比都像上一次战场。每个人都怕自己评不上好星级，如果次次都评了低星级，那在村里名声可就不好了，养儿娶不到好媳妇，养女嫁不到好人家，出工都找不到好活计。

精准扶贫先抓"民风"，这算不算"宣传干部"的职业病？龙秀林说这是"扶贫先扶志"。而曾经的贫困户、脱单困难户、40多岁的施六金，是十八洞村从"扶志"到"脱贫"的典型。

胖乎乎的施六金，曾经顶着一个"板栗头"，黑黝黝的皮肤，说话大声大气，得过且过，思想消极，还喜欢找茬儿。

扶贫工作队刚到十八洞村不久，在对十八洞村进行农网改造时，施工队要在施六金田里立一根电线杆，施六金不仅不支持，还带头阻工。在村里当干部的堂弟看不过去，领着施工队偷偷把活干了，施六金为此找到村部，跟堂弟闹了起来。

"亲兄弟明算账，你为公，我为私，不管怎样，你也不能偷偷把电线杆子立在我田里……"在简陋的十八洞村村部，在昏黄的电灯光照耀下，兄弟俩红了脸。

这些，龙秀林他们看在眼里，同时，他们也非常清楚，这种不愿意为公益事业做出让步的风气一定不能在十八洞村滋长。

可怎么扭转这种风气呢？龙秀林他们费尽了心思。最终，他们将目光盯在了"人心"二字上。

工作队首先在十八洞村搞起了村民评议，让村民们从发展致富产业、支持公益事业等六个方面相互打分。

这一天，十八洞村村部人头攒动，村民们齐聚一堂，拿了纸和笔，当场打分，当场公布结果。等村民都评议完毕，等几乎唱完了所有人的票，村干部龙书伍终于念到了施六金："倒数第一的是施六金，平均分 68.2。"

听到结果，大伙儿的眼光纷纷投向了施六金，这个平日里天不怕地不怕、敢于找茬儿的苗家汉子，此刻，脸却刷地红了。他尴尬地笑了笑，眼睛望着地面，若是有地缝，他巴不得钻进地缝里去。

根据评议结果，村干部给每户人家门前挂上了星级牌，施六金家门口挂着的牌子上只有两颗星，是全村最差的。回到家，施六金被老母亲连哭带骂：全村最差的牌子钉在家门口，你这一辈子就莫想讨婆娘，打光棍算了！

　　母亲的哭骂，村里人的冷眼，让施六金很是羞愧。都怪那块两颗星的"落后牌子"！趁着天黑，施六金将家门口的牌子摘下藏了起来。见施六金自己摘了牌，村里人报告给扶贫工作队，要求工作队强制给施六金挂上。龙秀林劝住大家，说评星不是为了惩罚人，而是帮他改好。施六金摘牌匿，说明他晓得羞愧，认识到自己错了。龙秀林觉得，这种荣辱观很强烈的人，是可以教育好的。

　　龙秀林的估计没错，从那以后，为了摘掉"落后牌子"，施六金就像换了个人，但凡村里有义务劳动或公益事务，他都抢着报名参加。

　　在村上没什么收入，扶贫工作队就帮助施六金外出打工赚钱。见了世面，眼界也开阔不少，再回到村上的施六金变化就更大了。村里修建停车场占了施六金家的地，施六金不仅大力支持，还没有要补助。

　　"像打仗一样，反正也要有牺牲的嘛。我就做出牺牲了咯。"站在新修的停车场栏杆边，蓄起了长头发的施六金笑着说。

　　施六金的变化，乡亲们看在眼里。2015年年底，十八洞村再次进行评比，施六金家由2014年的两颗星一跃成为四颗星。听到结果的施六金嗖地从椅子上站了起来，激动得满脸通红。只不过这一次的脸红跟上一次的脸红，其意义截然不同。

通过星级化评比，十八洞人荣辱观强了，参与公益事业的人也就多了。石板、泥土，山上就有，水泥、施工设备等则由扶贫工作队协调解决，不到一年时间，十八洞村村民出工出力，陆续完成了通路、通水、通电和改厕任务。

从"二星家庭"到"四星家庭"，"刺头"施六金被精准扶贫改变，逐渐得到乡亲们认可。而此时，比起乡亲们的认可，施六金更渴望得到姑娘们的认可。年过 40 的他，急切想有个完整的家。为了吸引姑娘们的注意，不善言辞的施六金学着唱起了情歌，频频出现在各种相亲场合，一下子成了苗歌里痴缠的情郎。

"我叫施六金，有颗善良心，哪位姑娘看上我，放心！"2015 年，在十八洞村首届相亲会上，施六金敲着铜锣，用湘西小调"三句半"向姑娘们再次喊出了"脱单"的愿望。可惜直到走下台都没有姑娘和他接话。

施六金明白了，家里太穷，自己又年纪大，谁家的姑娘也不愿跳"火坑"。

摸到单身的"根子"在哪里后，施六金反而释然了，他不再四处自我宣扬、求人介绍找媳妇。

村里发展旅游观光业需要讲解员，他第一个报了名，花了三天三夜，将十八洞村的历史和发展历程"摸"了个底朝天，直到"张口就来、津津乐道"才肯罢休。村里办农家乐，他又不甘人后，率先将家里的房子装饰一新，也开始张罗饭菜。

2017 年 8 月，听说村里要建山泉水厂，投资方是大名鼎鼎的步步高集团，他在心里又开始盘算起来，将农家乐出租给别人经营，将自家的土地入了股，跑去山泉水厂报了名。

说起去山泉水厂上班，施六金有自己的道理："以前在外地打工，工资要高些，但总归不自在，农家乐现在竞争也激烈了，不如把它租给更加专业的人来做。现在在家门口就可以上班，又可以照顾家里的老人，而且水厂待遇好又包吃，还可以在家里住，又省了一大笔钱，何乐而不为呢？"

就这样，施六金成了十八洞山泉水厂的第一批员工，一开始是做简单的装箱工作。可施六金不甘于此，在自学和培训下，他逐渐学会了水厂的核心技术，成为水厂首批当地的技术工人。那时还是光棍的施六金说："我现在在水厂上班待遇很好，全村一共有几十人在十八洞水厂上班，我的待遇算最高的了。"工作就在家门口，可以照顾家庭，对想着成家立业的施六金来说，这种状态是非常理想的。

2018年2月4日，恰好是当地苗年，十八洞村举办第二届相亲会，施六金鼓起勇气再次登台。同时，由亲朋好友和精准扶贫干部组成的"亲友团"和他一起上台，向全场嘉宾推介十八洞村。施六金在台上说："这次我上台代表的不只是自己，也代表着整个十八洞村。现在村里的条件越来越好，我想早日娶个媳妇回家过日子。"

可惜，这一回还是没有姑娘和施六金牵手。但大家明显感觉，脱贫后的施六金气质完全变了，说话得体大方，也不再自卑。

不久，同在水厂工作的大姐们为施六金介绍了在上海务工的花垣姑娘吴春霞，还对姑娘说了不少关于施六金的好话。施六金的故事和十八洞村的变化让吴春霞怦然心动。两人通过微信频繁互动，彼此好感倍增。

几个月后，施六金邀请吴春霞到十八洞村游玩。约会那天，施六金起了个大早，拿出自己珍藏在衣柜里不常穿的西装，好好打理了一番，带着姑娘在十八洞村看了个遍，还参观了他工作的十八洞山泉水厂。

十八洞蓬勃向上的气氛和施六金高昂的精气神感染了吴春霞，两人很快坠入了爱河。

"我们结婚吧！"施六金拉着吴春霞的手深情地说，他把结婚的日子定在了2018年的中秋节。

中秋佳节，月圆人圆。十八洞村村头"咯吱咯吱"的抬轿声由远及近，梨子寨里锣鼓喧天唢呐齐鸣。苗族汉子施六金在娶亲的花轿队伍前甩开步子，迎接着他的幸福生活。

施六金的故事只是一个缩影。正是变化中的"施六金"们，构成了变化中的十八洞村。

"新一轮的扶贫工作还是要从'精准'二字上来下硬功、下苦功。就像好郎中给病人看病一样，真正把病因病根找准以后，病就容易看好。从某种角度上来讲，这种观念的创新，比很多资金和项目更重要。"站在十八洞的村口，花垣县委主要领导意味深长地说。

从公平公正"精准识别"识准贫困户之后，十八洞村天天在变化，贫困的状态也在天天好转。"星级化"的思想道德评比，

十八洞的单身汉施六金欢天喜地地"脱单"。扶贫工作队队长龙秀林作为证婚人参加了这场婚礼

推动了十八洞村民良好道德风尚的养成，大家不再因为半米路基或一根电线杆占了自家田地而阻工闹事；各类集体活动的举办，更是让村民们熟络了，心齐了，生活丰富了，日子充实了。

从"事不关己高高挂起"到人人出力支持村里公共建设，几年下来，十八洞村彻底变了模样，青石板、柏油路、游步道，寨寨相连；自来水、无线网，家家入户；村小学、卫生室、金融服务站、停车场，一应俱全。曾经交通闭塞的古老苗寨，如今每天都有成百上千名游客慕名而来。龙秀林说，也许外人看到的是村里家家户户房前屋后铺上了青石板，机耕道拓宽变成了水泥路。

但最大的变化，龙秀林认为，其实在人心。

在精准扶贫的第一年，十八洞苗寨里，有着太多第一次尝试。第一次"精准识别"，第一次在外的年轻人成群结队回到家乡，第一次全村齐心合力办歌赛、评模范，第一次有人创业办起农家乐，第一次发动全村种阳桃（猕猴桃）……几年下来，十八洞村尝试的"第一次"数不胜数。一项项"第一次"的尝试背后，是十八洞村民、扶贫队员们时不我待的焦灼与发自内心的欣喜，是不断变化的人心。

人心齐，泰山移。十八洞聚拢的人心，撬动的是多少年来撬不动的贫穷，书写的是翻天覆地的变化。

从"三怕"到"三不怕"

十八洞村民细数着以前十八洞的"三怕":一怕小孩上学,成绩好了,家里却供不起;二怕养肥一头猪,猪肥了得请近十人才能抬到镇上去卖,路上还怕人家磕了摔了;三怕家里有人生病,从十八洞村将人抬到乡镇卫生院去,要走将近两个小时,有得了重病的生生就被耽误了。

这些情况,在入户调查的时候,龙秀林他们早已了解,也认识到要解决十八洞的贫困问题,必须得从基本保障上下功夫,给十八洞来个改头换面。

总的来讲,就是从"两不愁三保障"入手。具体到十八洞,就是开展"六到户""五改"工程。"六到户"包括通水、通路、通电、通网络、通电视、通电话;"五改"工程涉及危房改造、改厨、改厕、改浴、改圈。这一系列工作,在十八洞村主要集中在2014到2016年,有些延续到2018年才全部完成。

这些跟老百姓息息相关的工作,开展起来并不容易。可以说,过程中充满了艰辛,充满了曲折。

先说住房改造。

在以前的十八洞，有些房子因为年久失修，建筑材料又旧又单薄，冬天被大雪一压，倒塌的情况时有发生。有些房子就算没有沦落到被雪压倒的地步，但冬天也挡不住北风呼啸。雨天则漏得满地潮湿，这几乎是绝大多数房子的常态。

在"两不愁三保障"中，住房安全是重要的一项内容。对十八洞而言，住房安全也是扶贫工作队初来乍到遇到的一个亟待解决的问题。

对接花垣县住建部门，自2014年起，十八洞就开始全面的危房改造项目。不盘查不知道，一盘查吓一跳，在十八洞村，竟然有80%左右的房子年久失修，需要进行危房改造。这可是个不小的工程。

怎么改？住建部门与扶贫工作队反复商量，十八洞的特色在于它的苗族原始元素保留比较完好，苗族民族特色浓郁，那些用竹藤条编成、用泥巴糊成的墙，那些爷爷辈的老木房，几乎都是极具古苗寨意味的元素。最终，政府决定，这些元素要保留，改造主要从里面的装修上下功夫。年久失修的地方要修，已经腐坏的地方要补。要让老百姓住得舒适，住得踏实。

出乎我们意料的是，十八洞的危房改造，老百姓自己要出一部分钱，一百、两百、三百不等。

为什么老百姓自己要出钱？我们问。

施进兰解释，这是要让十八洞老百姓知道，自己的房子修缮自己也是要多多少少出点钱的，不能全靠国家，不能有"等靠要"的思想。

精准扶贫前的十八洞村，房屋破败简陋

精准扶贫后，十八洞无论是住房条件还是村容村貌都发生显著变化

正是大家的齐心协力，才有了我们今天见到的十八洞苗寨：既焕然一新，又保留着传统风貌，一片整洁舒适，极具苗乡文化特色。

房子改造好了，内部的设施也亟待整改。比如十八洞原来的百姓家里，厨房没有烟囱，一煮饭就烟熏火燎；比如原来的厕所，在粪坑上面摆两块木板，一不小心就能踩塌掉到粪坑里去；比如原来的牲畜栏圈，在一个大坑上面，铺上几块木板，木板被粪水腐化，烂出一个个不小的洞，小猪从洞里直接掉到粪坑里被淹死的情况常有发生。

为了把原先的这些落后元素全部整改好，扶贫工作队联合县里的相关部门费了很大一番功夫。先是改厨，原来的大锅灶被改为了节柴灶，还装上了烟囱，如此一来，既省柴又不会灰满灶台烟满厨，煮饭做菜便舒服多了。

浴室也要改，引来自来水之后，洗澡便不成问题。扶贫工作队对接相关部门，给家家户户改好了浴室，有些人家还装上了热水器。

厕所则改成了水冲厕所。改厕的时候，老百姓自己挖化粪池，很是积极。而这项工作，每家每户要整改到位并不容易，施进兰说，持续到2018年才算全部整改完毕。改厕之后，以前臭气熏天、蚊虫泛滥的老茅房不见了。

猪、羊、牛圈也要改，原来铺在坑上的木板改成了水泥板，在水泥板靠后位置留一个小洞，粪便可以从小洞扫到化粪池。水泥铺成的地面，猪怎么都掉不下去。

说到改浴改厕，我们不得不说的一项重要工程其实是通水。

"以前我们村上的人经常是半年以上不洗澡，老人家有些一年都不洗澡哦。"施进兰说，"你要问原因，自然主要是缺水。"

我们知道十八洞在悬崖峭壁上，打水肯定是个难事，却不知道原来十八洞曾经那么缺水。以前的十八洞村民，要挑着水桶走上十来分钟，到水井去挑水，那是十八洞唯一的井。丰水季节还好，挑一担水只是肩膀累；到了夏天枯水季节，村民常常要在水井边上等上一两个小时才能打到一桶水。这桶水，要分成很多份来用。

水，曾经让十八洞村民叫苦不迭。为了解决这个问题，他们也曾尝试过到三四公里外的莲台山去引水。可一买不起水管，二没有技术，引水艰难无比，最终没能如愿以偿。

直到2014年扶贫工作队进驻之后，为了解决十八洞村民喝水问题，他们找来了花垣县水利局。水利局大刀阔斧，带领十八洞村民从莲台山接山泉水。水利局出水管、出技术，十八洞村民也不能闲着，他们要一家出一个劳动力，出工出力埋水管，水管经过谁家田地都要没有二话地让田让地。

这样的好事，绝大多数村民都是举双手支持的，但也有不少村民不同意让田让地。这时，施进兰等村干部就出面了，他们去给村民做工作：以前没水的时候，咱们的日子多艰难，现在精准扶贫政策好，水引到家里，随便你用，这么好的事，还能不同意？如此今夕一对比，人们的思想工作就做通了。

到2015年，水通到各家各户。曾经的苦不堪言终于变成了历史。有村民捧起哗啦啦流淌的自来水，一脑袋扎进手心里喝了起来，欢声笑语响彻苗寨。

通水的同时，扶贫工作队还在衔接两个重要工程，那便是通电和通网络。

其实，在2000年前后，十八洞村就通电了。可是为什么通了电的十八洞村到了2013年依旧很多人家里没有电视机呢？

施进兰说，最主要的，当然是因为穷，其实，还有一个困扰着村民多年的问题也不容忽视：十八洞村虽然通了电，可是这个电却极不稳定，隔三岔五经常停电，有时候一停就是十来天。每家每户都有备用的煤油灯，蜡烛也要常备。如此一来，有些人家就算买得起电视机也索性不买了。

十八洞村民用上了洁净的自来水　　（摄影：陈正）

直到2014年，扶贫工作队对接花垣县电力公司，全面进行农网改造，十八洞的用电问题才彻底解决。

对十八洞这样的高山地区，农网改造其实是个很艰难的工程。安电线杆要占用农民耕地，对此，绝大多数百姓都是支持的——修路占大片的土地都能让，安根电线杆自然也能支持。

可十八洞山地多，山上树木茂盛，拉高压线经过大山要大面积砍青，老百姓就心疼了，有人直截了当地提出砍青要补钱。这段时间，龙秀林很忙，村主任施进兰也很忙，他们发动了村"两委"、各组组长、党员干部出面做工作。有些人家，砍青少的，干部们稍微做做工作也就通了；有些砍青面积大的，却要费很大的力气。

施贵英家的山地有 50 多米长的地方因为拉电线被砍青,这么一来,电线两旁被砍的树就倒了一片。施贵英不干了,她生气地说:"这些树是留着以后给我儿子盖房子用的,你们砍了这么多,他拿什么盖房子!"

施进兰好言好语地安慰:"我知道砍这么多树让你们家受委屈了,但这也是不得已的。以前没电,你也知道是什么样子,一个村要发展,没有电怎么行?现在搞农网改造,之后我们就不会动不动停电了。咱们还是要考虑大伙的利益,舍小家,为大家嘛。"

施贵英也不是不讲理,她只是真的心疼:"这个我理解,只是砍太多了,你们就不能改变路线吗?"

"如果改路线,整个线路就都要改。那样耗费的财力人力物力就太大了。"施进兰说。

这一次,施进兰他们没有做通施贵英的工作。因为这件事,施进兰没少去施贵英家,每次都是去做工作。

直到有一天,施贵英终于松口了:"你们砍了那么多树,我一个人搬不回来啊。实在不行,你们帮我把树抬回家好了。"

"这个行!"施进兰满口答应。就这样,十八洞村所有党员干部一起出力,帮施贵英把砍掉的树抬回了家。

半年多以后,十八洞村完成农网改造,经常停电的日子也宣告结束。

有了稳定的电,随之而来的就是每家每户买了电视机、电冰箱、洗衣机等一应电器。

与农网改造几乎同时进行的是通网络。

施进兰说，以前十八洞村只有一部电话。我们感到很好奇，为什么十八洞村民不用手机？施进兰说："你们一点都不要觉得惊讶。以前我们这些在外面打工的人不是没手机，而是回到十八洞村手机根本没信号，要打电话得爬到高山上去找信号。没有信号，常年住在家里的人自然就没必要买手机了。我们在外面打工，要打电话回家只能打到村部，村上值班干部接了电话，与我们约定喊家人来接电话的时间，然后再跑到家里去通知。爸妈提前跑到村部，守在电话机旁，我们就按时打电话来：如此曲曲折折，我们才能通上一次电话。没要紧事，我们是不会打电话的。可能你们也很少看到十八洞以前的照片，那时候，村上的人没手机也没相机，更不会拍照。"

　　听了施进兰的话，我们的思绪回到了曾经的十八洞。都说十八洞闭塞，落实到生活里，这种闭塞就显得很形象了。

　　2014 年，扶贫工作队进驻十八洞以后，联系联通、移动、电信等通信公司，为十八洞村建起了两个信号塔：一个在竹子寨和梨子寨，一个在当戎寨和飞虫寨。到 2016 年，十八洞村实现网络全覆盖。现在的十八洞村，基本家家都有了手机，80% 的人家拉了网线；还跟湘西州的电商平台合作，成立了自己的"十八洞电商平台"。通过电商平台，十八洞土特产走到了线上，卖到了海内外。这是以前的十八洞村民想都不敢想的事情。

　　2018 年，随着十八洞村集体经济壮大，所有村民的新农合、新农保费用都由村上统一交。交了新农合的钱，十八洞村的村民在治病的问题上节省了不少钱。施进兰说，现在到县内医院住院，可以报销89%；到县外的医院可以报销85%。

住房安全、医疗保障、饮水安全，这些难题解决了，还剩义务教育这个难题。

十八洞的义务教育，这几年发展得还真不错，这是我们来到新建的十八洞小学的第一印象。

"Ｂ－ａ拔，这个'拔'字是什么结构的字？""左右结构！""它的偏旁是？""提手旁。""'拔'是一个动作，它是一个动词。"清晨的十八洞村，琅琅的读书声打破了山村的宁静。这里是十八洞小学，清脆的读书声正是来自在这里上学的孩子们。

"我想当科学家，还要改造机器人呢！""我想当警察，抓小偷。""我想当医生。"……十八洞小学的孩子们七嘴八舌地说着自己的梦想。

十八洞小学的校门是深红色的，校门两旁一副对联格外醒目，对联内容是：红孩子红领巾红心向党，新少年新风貌新春向阳。

用青砖砌成的墙，将小小的校园围了起来。走进校门，伸脚可触的是青石板地，在青石板铺成的大坪中间，有两丛郁郁葱葱的树木花草。校舍装饰一新，古朴，雅致，干净。

教室窗明几净，校舍不大，崭新的桌椅、多媒体网络教学设备、摆满儿童读物的小书屋、乒乓球台以及羽毛球场等，一应俱全。

我们看到的十八洞小学，是2019年的十八洞小学，是精准扶贫工作队进驻十八洞村之后整改和翻新的十八洞小学。

"尽管才一、二年级，十八洞的孩子已经可以通过多媒体设

翻新改造后的十八洞小学，硬件设施和教学条件都大有提高

备认识大山外面丰富多彩的世界。"十八洞村现任扶贫工作队队长麻辉煌说，"现在，十八洞村再也没有出现小小年纪就辍学的现象。"

在十八洞小学的宣传栏中，我们看见了两位老师的简介，一位叫蒲力涛，一位叫隆建华，都是90后，都是花垣县双龙镇人。

蒲力涛的教学简历丰富而闪亮。在简历中，我们看到，他曾多次荣获县级嘉奖、优秀教师等称号。2016年调入原排碧乡中心学校。2018年，为了锻炼自己，他毅然请命，来到了十八洞小学支教。

隆建华则是个90后美女，从简历上看，她更多的是从事幼教工作。

在跟蒲力涛的进一步交流中，我们发现，这个90后年轻教师，有着超乎我们想象的深刻思想和教育情怀。

若要探究他的思想由来，我们以为，跟他从小到大，特别是大学毕业后的经历息息相关。

蒲力涛1990年出生在花垣县双龙镇一个贫穷的农家，在蒲力涛的印象中，小时候的自己，白天上学，傍晚回家要放牛，还要做家务。上小学的地方，就类似于曾经的十八洞小学这样的教学点，整个学校只有一个老师。

这样的蒲力涛，懂事、能干。可课堂学到的东西毕竟有限，城里孩子能轻而易举在课堂上学到的知识，蒲力涛他们要靠自己去摸索。求学之路，艰难而辛苦，可最终，凭借一股子勤奋劲，蒲力涛走出了大山，2009年，他考上了湖南第一师范学院。

这样的蒲力涛，是湘西很多农村孩子的缩影。可他不希望到了现在这样的时代，湘西农村的孩子还跟以前的自己一样有着非常艰辛的求学生涯。

大学毕业后，得知保靖县招聘特岗老师，蒲力涛毅然报名了。2013年8月，蒲力涛回到了湘西州，当起了特岗老师。所谓特岗老师，就是有三年服务期，服务期满，才能入编。

蒲力涛考上的学校是保靖县水田河镇中心小学，而作为特岗老师，蒲力涛并没有一直在这所中心学校教学。

有一天，校长找到蒲力涛，面有难色地说道："小蒲啊，你知道，我们中心小学有个教学点叫金落河小学，现在没有老师愿意去，那里有20多个学生等着新老师呢，真着急啊。"

蒲力涛知道校长说这话的言外之意，加上自己本来就是从这样的学校走出来的，他深知一个教学点对那一片的小孩来讲意味着什么，若是没有老师去，那些孩子可能就不能好好读书了。

蒲力涛站了起来，郑重地说："校长，如果您觉得我行的话，我愿意去金落河小学教书。"

校长又惊又喜："小蒲啊，你当真愿意去？"

"我愿意。"蒲力涛肯定地说。

"真是后生可畏啊！我谢谢你，也替那里的孩子谢谢你。"校长站起来，握住了蒲力涛的手。

就这样，蒲力涛走了十几里的泥巴山路，来到了金落河小学。

眼前的一切比他预想中的还要差。学校很小，操场是泥巴地，除了粉笔、黑板和陈旧的桌椅，基本没有什么其他的教学设备。20多个孩子，分两个教室上学，老师这边讲完又到那边讲。如此一来，蒲力涛就很忙了。白天要分年级上课，所有课程都包，中午还要给孩子们做饭，所有事都得老师管。

　　"一个人做一天两天还好，要一直坚持下去就觉得力不从心，真的很辛苦。"蒲力涛说。

　　小时候，蒲力涛自己也是在这样的学校上学。现在角色转变了，由学生变成了老师，他才真正切身体会到了在教学点教书的老师的辛苦。

　　事实上，我们小时候也有过类似的经历。听年轻的蒲老师讲起这些事，我们不禁又亲切又讶异：这么多年过去了，现在的湘西农村还有这样的教学点？

　　蒲力涛感慨：这样的教学点大量存在啊。大多数这样的教学点就一个老师。有些教学点没老师愿意去，就找代课老师；代课老师不愿去，就在村里面找稍微有点文化的人当老师，以致老师素质也参差不齐。有些会派来湘西支教的老师过去，支教一般待不长久，这就导致教学点老师流动性大。小学阶段是孩子一生中的重要启蒙时期，教学点对学生的教育影响是很大的。"我来自山村，现在又回到山村，我为的是山村的孩子。不管这些教学点有几个孩子，哪怕只有一两个，我都觉得这些孩子应该享受相对公平均衡的教育。"

　　白天上完课，晚上躺在床上，蒲力涛怎么也睡不着。在他的头脑中，对于乡村教育教学的思考绵绵不绝。

深入一线的蒲力涛深刻意识到了教学点的问题和难点。他说，教学点的老师很辛苦，年轻老师又很少，综合教学素养普遍偏低。缺优秀老师是教学点的痛点，如果教学点实在要存在，那么，倘若能让更多优秀的老师竞争，这会是一个很大的突破。可这相当难。

蒲力涛觉得，农村里面人才输出本来就很难，那些走出去的人才再回到农村的又很少。如此就形成了一个恶性循环。说到底，还是输在了教育起跑线上。

蒲力涛多么想改变这样的现状，可光凭一己之力，起到的作用毕竟有限。所以，当得知有去十八洞村支教的机会时，他义无反顾地毛遂自荐了。一方面，他知道，十八洞小学也是一个这样的教学点，他想去教那里的孩子；另一方面，他更想做的是，向社会呼吁，想让更多的目光关注我国贫困山村教学点的现状，多多帮助那些教学点的孩子获得尽可能多的学习机会。

尤值一提的是，2018年，蒲力涛来到了十八洞小学，不仅他来了，他还把正在外地打工，赚着五六千块钱一个月的妻子隆建华喊回了湘西，带到了十八洞小学。

回来之后，工资比在外打工少多了。一开始，妻子隆建华并不愿意回来。蒲力涛好说歹说，终于做通了妻子的思想工作。蒲力涛深知，对这样的教学点而言，最需要的，其实是老师。

来到十八洞小学，蒲力涛首先看到的，是焕然一新的校舍。这样的校园和校舍，跟他之前所接触的教学点有着天壤之别，古香古色，设施齐备，桌椅崭新，这是他以前梦寐以求的。

十八洞小学的变化，得益于精准扶贫，得益于国家对农村教育的重视。精准扶贫带来了十八洞村整体面貌的变化，人们也将目光投向了关乎祖国未来的"花骨朵"身上。于是，扶贫工作队大刀阔斧地对校舍进行了翻新改造，至少得让孩子们有跟城里孩子一样的教室和桌椅，让孩子们能吃饱饭，上好学。除此以外，扶贫的侧重点还放在了"不让孩子因贫困而上不起学"。正如麻辉煌所言，现在的十八洞，已经没有辍学的孩子。

这些"花骨朵"迎着每天的第一缕晨曦走进崭新的校舍，翻开崭新的书本，开始摄取崭新的知识。

十八洞小学有两个年级：一年级、二年级，还有个学前班，总共20多个孩子；学前班一个教室，一年级和二年级同在一个教室。

开始的时候，蒲力涛跟在金落河小学一样，一个人要管几个年级，还要管做饭。他深知这样教不好学生，所以就动了念头，把妻子隆建华叫过来。

蒲力涛大学学的是数学专业，到了十八洞小学，他要教六七门课程。语文是蒲力涛的弱项，为了教好学，他常常要花很长时间去备课，去学习。

好在妻子过来之后，学前班基本不用蒲力涛管了，中午的营养餐也不用蒲力涛操心了。他主要的精力便可以放在一年级和二年级孩子身上。

有时候，游客来到十八洞村，也会到学校来参观。有游客会给孩子们送来一些学习资料或生活物资。蒲力涛知道，十八洞村的孩子其实已经不缺这些最基本的学习生活物资了，可他还是会告诉孩子们，要学会感恩，要学会说谢谢。

有了多媒体设备，蒲力涛他们也尝试过网络联校视频教学。这种视频教学的意义在于，十八洞小学的孩子可以跟花垣县的老师、长沙的老师学习，跟其他师资力量更强的学校共享课程资源。如果这种方式能够成为常态，蒲力涛说，那将极大缓解教学点师资不足的困难。

可问题又来了，网络需要有专业人员维护，只要稍微出点问题，网络教学就进行不下去。为此，并不太懂网络专业知识的蒲力涛有点头疼，网课也就没能常规性地开设下去。

而目前，我们不得不承认，就算是十八洞小学这样经常出现在公众聚光灯下的湘西教学点，也还没有完全解决师资不足的问题。所幸的是，国家在关注，扶贫工作队在思索。像蒲力涛这样的老师，他们也在积极思索未来的乡村教育。这，就是农村教育的最大希望所在。

"到十八洞小学，我就想通过这个被大家广泛关注的平台，呼吁社会多关注贫困地区教学点。这样的学校最需要的还是老师。我希望，以后能有更多的年轻老师到湘西来教学。"蒲力涛坦率地说。

十八洞小学的孩子有新的校舍，有好的学习硬件，中午能有管饱的营养餐吃，孩子们没有再出现小小年纪就辍学的情况。这是以前的蒲力涛所希望却不敢奢求的。现在，这一切在不断变好，这亦是希望所在。

教育，是未来。但教育的发展，不会也很难一蹴而就。在精准扶贫政策的引导下，我们欣喜地看到，乡村教育基础设施已经大不一样，辍学的孩子几乎没有，教学质量相对以前来讲也已经有了很大提升，这，更是希望所在。

自 2013 年底有了精准扶贫政策的指导，十八洞村因学致贫的情况得到很大程度的缓解。光助学扶助力度，就相对以前加大了很多。小学生一年补助 1000 元，考上大学本科补助 5000 元，专科补助 3000 元。到了 2018 年，十八洞村集体经济壮大了，村里专门成立了额外的助学基金，小学生一人补助 1000 元，初中生 1500 元，高中生 2000 元，大学生 3000 元，特别贫困的家庭还有特别的扶持。

施进兰记得，村上的施央成，两口子都 60 多岁了，家里几乎没什么经济来源。小孩才十几岁，在排碧中心学校上学，成绩很好。可两口子供不起孩子上学，为此焦急不已。扶贫工作队和村上知道了这件事，在给他们基本补助的基础上，还想尽办法帮他们家申请救济款。

几年下来，孩子没有因贫困而失学，国家用温暖的怀抱呵护着这些"花骨朵"。

望着十八洞小学飘扬的红旗，望着年轻的蒲力涛夫妇，我们相信，湘西的教育会越来越好。

现在的十八洞，再也不怕孩子上学，不怕猪养得太肥。基本保障就像是一个坚固的壁垒，为人们遮风，为人们挡雨。

从"113"工程到一瓶水

人心齐了，公共设施建设好了，基本保障到位了，就脱贫了吗？并没有那么容易。真正撬动十八洞深层贫困坚冰的，我们不得不说，是产业。而产业这条路，十八洞村走得也并不是一帆风顺。

在十八洞村开座谈会的时候，习近平总书记明确提出了探索"可复制、可推广"的脱贫经验的原则，同时还提出"不能搞特殊化，但是不能没有变化"的要求。习近平总书记也曾强调，发展产业是实现脱贫的根本之策。要因地制宜，把培育产业作为推动脱贫攻坚的根本出路。

精准扶贫，风起十八洞。可光有激情与金字招牌是不够的，新的问题接踵而至。一开始，贫困的十八洞村面对的最严峻的问题莫过于没有像样的产业。

经过一家家上门走访，反复调查研究，龙秀林他们清醒地认识到，十八洞村要发展，绝不能再走"输血式"扶贫的老路，必须"造血式"扶贫，因地制宜发展产业。

扶贫工作队入村第一次开产业会，全村 115 户贫困户交出了

58 个产业的创业贷款申请。龙秀林回忆，涉及的产业几乎可以"开个农博会"。龙秀林和扶贫工作队员们认为，让村民直接下海闯市场，"技术、管理、销售样样从头摸起，本钱还是借来的"，这不是创业，是"赌博"。

当然，十八洞不发展集体产业也能脱贫。吉首至花垣的旅游线路上，十八洞村已成为一个很难漏掉的打卡点，好些村民靠着办农家乐、卖土特产已经发了点小财。

可是，如果十八洞只吃现成饭，对于精准扶贫的事业又有多少意义？更不用说，这样的"现成饭"不是每个村民都能享用的，"一村四寨，能开多少农家乐？就算总书记去过的梨子寨也不可能家家去开农家乐啊！"

举国精准扶贫的今天，有个调侃的说法在扶贫干部间悄悄流传——"队长经济"。这说的是发展村里的产业，最后靠的是扶贫队长自己的见识与关系。驻村扶贫的工作队长们多是从省市县各职能部门抽调的中坚力量，他们见识广、门道多，村里要发展，全靠"队长打电话找关系"。

十八洞的意义不是花瓶、盆景，而是聚光灯下的一块"试验田"。具体到十八洞，就是不靠"队长经济"或"要政策做加法"，而是让"三千块（人均扶持资金）更有价值"。

半年的时间里，扶贫工作队、村"两委"，还有花垣县委县政府的主要领导，走遍了十八洞村里的山山水水、家家户户，和村民一起摸家底、挖穷根、算细账、找出路。

十八洞村面对市场发展产业的第一次齐心协力是"113"工

程，也是纪念习近平总书记来到十八洞村的 2013 年 11 月 3 日。

所谓"113"工程，即每家每户种 10 株冬桃、10 株黄桃，养 300 条稻花鱼。桃树就在村民房前屋后，每当桃花盛开，十八洞村寨就半掩在桃花花海中。"我们主要不是卖桃子而是认领桃树。一棵桃树每年 418 元，其中 300 元直接给老百姓。来十八洞村认领了一棵桃树，你就是十八洞村的荣誉村民，可以免费进村、免费停车、免费参观，就是十八洞村的宣传员、推广员……"龙秀林说。

山坡种桃田间养鱼，不碍农事，还能打造"苗寨桃源""鱼翔浅底"的醇美风情，更可以吸引游客年年回村采摘，为发展旅游增添回头客。

龙秀林算过苗寨桃源里"一棵树"的进账：一棵桃树能带动乡村游 20 人次，20 棵桃树就可带动 400 人次。按每人平均消费百元来计算，20 棵桃树能拉动的旅游消费将是 4 万元，加上采摘权和稻花鱼的收入将会超过 5 万元。

说干就干！十八洞村里，村民们认真种桃、养鱼，干部们忙着推销采摘权，"113"工程推进顺利。两年下来，十八洞村里桃树成林，春天漫山桃花，初夏桃果满枝，十八洞村真成了"苗寨桃源"。

然而，现实却远不如理想那般美好。尴尬的事来了：钱收到了，可是几乎没啥人回来摘桃子了。以杨超文家为例，2016 年收到 10 株黄桃的年租 3000 元，但交钱认领的客人只有一家回来摘过桃子。

这是看面子给的钱吧，杨超文说，淳朴的村民们私下议论，都不好意思继续收钱。

原因不难想到：苗寨醇美，桃果甘甜，认领桃树的游客也不乏情怀与爱心。可是，在这个人人匆忙的时代，不管上班、经商还是上学，又有几人能根据桃子成熟的时节，安排自己的行程？

更尴尬的是，早起的鸟儿有鱼吃。十八洞的生态极好，山里的白鹭不请自来。这些田间放养的稻花鱼，在鸟儿看来全是免费的大餐。"鱼翔浅底"落了空，但"苗寨桃源"成了真。"113"工程，十八洞村的第一次产业尝试，结果不太理想。

十八洞人并不气馁，他们在发展产业的路上继续尝试。

同样的曲折还有十八洞的"十八产业"。刚开始时，雄心勃勃的十八洞村规划了十八项产业，旅游、苗绣、猕猴桃、养殖、苗药、油茶……各种产业面面俱到。

十八洞，十八项产业。这样的产业概念念起来朗朗上口，各大媒体纷纷报道，一时间广为人知。尤其是见效快的养殖业成为不少村民的首选，有人养猪，有人养牛，有人养鸡，村民们纷纷建起养殖场。

但是十八洞所在的莲台山是吉首等地的水源保护区，发展养殖业会破坏水源、影响景区环境；而苗药、油茶等固然是现成的山林土产，但十八洞村的出产并无优势……这几项产业逐渐沉寂。

头一回规划产业，直爽憨厚的十八洞人难免有些"先入为主"，以为自己喜欢的客户就会喜欢。这些试错和"突破"，让十八洞人逐渐学会了新思路——除了自己能干什么，还要考虑市场要什么。

终于，经过多方探索，十八洞村迎来了产业发展的成功突破。其中之一，与"一瓶水"有关。

村支书龙书伍递来一瓶"十八洞"牌山泉水说，这是村里最大的单体项目。这样的水，我们在湖南省扶贫办也见到过。细究其开发过程，原来却并不容易。

2017年4月，湖南省委主要领导对步步高集团董事长王填等提议，去十八洞村看看有没有可以发展的产业。很快，王填和一些企业家到花垣县考察扶贫工作。"让十八洞村有一个持久的产业，让当地村民脱贫不返贫。"在当天的扶贫座谈会上，王填下了决心。

步步高是开遍湖南、全国知名的大型连锁超市企业。面对步步高的到来，十八洞村民捧出了腊肉、米酒、水果……连锁超市可以大量承销农产品，大家想，只要在步步高超市里打出十八洞牌，什么农产品都不愁卖了。

可没想到，王填一行入户、上山、钻洞，在田间山里琢磨了半天，带走了几大瓶十八洞清冽的山泉水回去分析化验。

从梨子寨顺着峡谷间一条小路往里走，有一个弓形的、通透的山洞，山洞下方有山泉水汩汩流出。这里被称为"观音洞"，村民们都说这里的水"甜"。

十八洞的山泉水确实清冽。可是，卖水能发财吗？村民们有的疑惑，有的不以为意；村干部和扶贫工作队员则高兴中有些担心，他们也想过做山泉水的文章，但接洽的企业都没接招，真要建厂行得通吗？

化验之后，王填他们惊讶地发现十八洞的水质非常好，旋即论证建设水厂的"精准扶贫"办法。从立项到建设队伍开进十八洞，整个过程都非常迅速，当年就建成了一座全自动化的山泉水厂。果然不出所料，很快，十八洞山泉水一炮而红，成为十八洞村的又一张名片。长沙的大小超市，甚至人民大会堂里都摆上了"十八洞"牌山泉水。

隆忠奎等 30 多名村民在家乡当起了产业工人，往年过完年，不少人背着大包小包外出务工，现在绝大多数十八洞人都留了下来，留下来的一部分劳动力就是在山泉水厂上班。在家门口就能上班赚钱，这对以前的十八洞人来讲，想都不敢想。

山泉水厂更为村里增添了一份集体产业，水厂每年按"50+1"的形式给村集体分红，即每年给村集体保底分红 50 万元，每生产一瓶水再拿出 1 分钱注入村扶贫基金，实现共享发展、互利共赢。"观音洞"里的山泉水，真正成为十八洞村的致富水。湖南十八洞山泉水有限公司生产厂长王志勇告诉我，现在，十八洞山泉水厂的生产线作了设备升级，日产达 10 万瓶，第二条、第三条生产线也正在筹备中。

王志勇是永州人，被调派到十八洞以后，他大部分时间都待在这边，不是在峡谷底部的山泉水厂，就是在峭壁顶上的十八洞苗寨忙活。新冠疫情期间，十八洞山泉水的订单有很多，但瓶坯告急。为了不影响供应，王志勇紧急到贵州调货，终于化解了生

山泉水厂给十八洞带来了产业，让村民们实现在家门口就业、增收

产危机。

　　做产业就得"找准角度做加法"。步步高集团产业扶贫部总经理、湖南十八洞山泉水有限公司总经理邹爱华事后解释：腊肉、米酒、水果在湘西村村都有，而且十八洞村里山多田少，哪样农产品产量都不大，在口感上也没有特别的优势，没有"门槛"就很难形成产业规模。而十八洞的故事举国皆知，村里又有着优质的富硒山泉水。与其随便卖点山货，不如为十八洞村再添"一瓶水"，做产业名片。

　　这瓶水，让十八洞人心服口服。在此基础上，十八洞人针对自身资源禀赋的优势特点，开始了一轮又一轮的新探索。

六十里外的"飞地"果园

十八洞集体产业的另一个成功探索则要从六十里地外的一颗猕猴桃说起。

龙秀林说，这应该是十八洞脱贫攻坚中最长也是发展进程最艰难的一个故事。

十八洞村的第一批驻村扶贫工作队除了队长龙秀林外，还有龙志银、吴仕文、石昊东、谭卫国等人。当时，施金通是十八洞村支部书记。他们共同见证了十八洞的巨变，也共同经历了最开始时的艰苦和辛酸。

猕猴桃产业正式推行之前，扶贫工作队为了找到一个好产业绞尽了脑汁。龙秀林在想办法，龙志银、石昊东等有着丰富乡镇工作经验的队员们也在想办法。最后基于湘西地区适合种植猕猴桃的土壤，扶贫工作队想到了发展猕猴桃产业，又经过认真研究，由负责产业发展的石昊东牵头，去武汉考察。与武汉专业植物研究机构交流之后，对方很感兴趣，最终决定支持十八洞村引进富有特色的猕猴桃品种。

那为什么要在六十里地外种猕猴桃呢？

在湘西，猕猴桃可能是山区瘠地上能种出的经济价值最高的作物。它适合贫瘠的山地，三年就能出果，而且品种多、售价高，销售市场也有保障。在水果市场或附近的景区里，就算最普通的绿心猕猴桃，也能卖出五六元一斤的价格，批发商进村收购也不会低于三元一斤。

可要在六十里地外，拿全村的扶贫款去种猕猴桃，钱是凑的，地是租的，收成要几年后才能看到。这样"看不见也摸不着"的产业之路，一开始让十八洞人都摇头，心存疑虑。

"种猕猴桃咱不反对。可是果园为什么要放在六十里外，看不见摸不着？要种就种在村里，我们可以看得见。就算失败了，还可以砍了当柴烧。"2014年春节后开会动员村民时，施金通的母亲不顾儿子的脸色，说了这么一段话。

那时，八成以上的村民都反对这个"飞地"果园的计划。龙秀林记得，一组开会时，全组53户人家只来了33户，大家为了不表态，一个个轮着出去上厕所、透气，这家刚去过另一户又去。会开到后来，屋子里只剩下8户人家。

有领导私下提醒龙秀林，说这样的做法"太大太急"了。龙秀林明白这话背后的意思：就算政府不额外拨钱，凭着十八洞的名声，随便做点什么产业都能成功。租地合股搞"飞地"果园，走这步险棋是要担风险的！

可是走险棋也是没办法的事。十八洞全村900多人，不到800亩地。龙秀林反问村民，难道真能在几亩斗笠田上种出金疙瘩来？难道大家都去开农家乐？

其实，"飞地"果园的构想来自村民。龙秀林不贪功，他记得刚进村时和村民聊产业，说到的头一桩就是种猕猴桃。

村民施六玉抱怨，咱村缺地啊，抬头是山，低头是沟，难道把水稻田铲了种猕猴桃？可惜十八洞不像道二那边，那里土地平坦，水肥都足。

龙秀林说那行，咱们就去道二种。龙秀林并非开玩笑，他认真盘算起来。离十八洞村六十里的道二片区道二村、紫霞村土地肥沃，集中连片，可是青壮年劳动力大多外出打工了，大片土地荒芜。为了利用资源，花垣县在此规划了花垣县生态农业科技示范区，希望引来规模农业项目盘活土地。十八洞有人但没地种，道二有地但没人种，于是龙秀林向上报告了"飞地"果园的构思，开始筹划起来。

2014 年的正月还没过完，2 月 18 日，扶贫工作队和村"两委"拿出了十八洞"飞地"果园的计划：集资、租地，在道二那边流转 1000 亩土地，加上村内集中流转 100 亩示范地，为十八洞建一个千余亩的猕猴桃产业园。

钱从哪来？依照国家精准扶贫政策，十八洞村每个贫困人口能一次性获得 3000 元政策扶持资金，非贫困人口能获得 1500 元用来发展产业。扶贫工作队打算将这些资金汇集起来集中使用。其中，贫困人口 500 多人以政策扶持金每人 3000 元共计 162.6 万元入股，占 27.1% 的股份；非贫困人口以政策扶持金每人 1500 元共计 59.55 万元入股，占 9.9% 的股份；再以村集体经济名义申请专项资金 71.85 万元入股，占 12% 的股份；剩下 51% 的股份则是引入了花垣县苗汉子野生蔬菜开发专业合作社出资306万元，共同组建花垣县十八洞果业有限公司，对果园实行公司化运作，提供市场渠道。

除了拿出扶持金，村民们还要为合办产业交保证金，这可是头一回。"交钱的过程就是统一思想的过程，贫困户每人交100元，非贫困户每人交50元，多缴多分红。既要在股金分红上照顾贫困户，又要避免人为造成的贫困人口与非贫困人口间的矛盾。"龙秀林说。

土地租金加上投入，要1600万元，企业出钱加上村民凑钱，最终还是有近1000万元的缺口。有村民向扶贫工作队建议，是不是可以找上级部门要这笔钱？花垣县委主要领导思考了一番后表示，这个钱，不能伸手去要，若是这样，"可复制、可推广"的意义就大打折扣。最终，以猕猴桃产业园的土地经营权作为抵押，贷款1000万。那就意味着十八洞村"飞地"果园基地的资金是十八洞村民自己出的，以后都会要还的。

把猕猴桃种在六十里外，还要拿走大家的钱（政策扶持款）！大部分村民当然有意见。第一次开会时，只有20%的村民勉强支持。要干，就得一户户做通大家的工作。

村民龙元珍种过猕猴桃，成了村民飞地反对派中的"专家"。龙秀林也不生气，只问了他两个问题："你家有几亩地？都种猕猴桃要几个人来管？"这一问，龙元珍愣住了。

龙元珍家就两亩地，却分布在九个山头！他算了一下，如果九个山头都要自己管，从种苗到管护、采摘，夫妻俩都上还要加两个人。

"那好！我问你，"龙秀林又问这位本家，"就算在十八洞村把房前屋后山坡坡全部开成果园，凑个 1000 亩种猕猴桃，按你的老办法，一家一户零零碎碎种，是不是要 2000 人来管理，才能做得好？"龙元珍听后，哑口无言。回家后，他仔细思考着白天龙秀林说过的话，竟有些醍醐灌顶。那以后，龙元珍再也没反对飞地果园的事。不仅没反对，他的思想观念还彻底地转变了过来，加入了"飞地拥护派"，用他种植猕猴桃的专业知识主动说服其他村民。

龙秀林知道，要说服的当然不止龙元珍一人，村里那些当家媳妇也是满心疑虑的反对主力，石香凤就是其中之一。为了做好这些当家媳妇的工作，这一年秋分前后，趁着第八届国际猕猴桃研讨会在四川都江堰举办，花垣县派出了一支特殊的参观团——不是干部也不是专家，而是十八洞村里的八名当家媳妇。

这不看不知道，一看吓一跳，石香凤她们眼见当地村民靠种植猕猴桃发了财，家家户户门口还停着小汽车，惊讶得不行。成片的猕猴桃树上，挂着沉甸甸的棕色果子，有些果子还被村民们用纸袋子包裹起来，果园都是统一化管理，一片欣欣向荣的景象。

回村后，观念彻底转变过来的石香凤不仅将自己一家六口的申请表补交了上去，还劝其他村民："咱们原来种猕猴桃，一亩地几个人都忙不过来，放在道二那边，土地成片还可以机械化操作，像都江堰那边一个人管 50 亩都管得过来。"

如此千方百计地做工作之后，十八洞村的飞地果园项目总算

开展起来了。

这年秋天，层林尽染、丹桂飘香的时节，十八洞千亩猕猴桃产业园终于开工了。开工典礼那天，扶贫工作队出钱包了四五辆大巴，把村民都带去果园实地察看。到了当年年底，十八洞村超过九成村民加入了猕猴桃合作社。

人心齐了，钱凑齐了，可怎么种的问题接踵而至。

整个湘西，几乎每个县甚至每个乡都在发展猕猴桃种植。几年后，传统的绿心猕猴桃肯定卖不起价，甚至滞销，更甜、更大、更漂亮的猕猴桃果，才能在市场上"讲故事"争地位。龙秀

十八洞创新性发展的猕猴桃飞地产业园

林告诉村民，咱不能指望消费者买个猕猴桃还"给十八洞面子"。十八洞人的眼光盯在了新品种的红心、黄心猕猴桃上。

这就意味着果园一开始就要在技术上领先。为此，扶贫工作队员和村干部拜访了中科院武汉植物园猕猴桃研究所，引进了黄心猕猴桃新品种和红心新品种以及综合配套种植技术和服务，仅此项就为该园节约资金约 200 万元。

种什么果苗只是第一步，怎么种好才是果园成败的关键。武汉植物园科研团队还为十八洞果园提供全过程、全方位的技术服务。通过高标准建园、精细化管护，应用现代农业技术，十八洞村猕猴桃产业园的果实品质达到了较高水准。

虽然如此，可没见到实打实的收入，村民们的心总是悬在半空。

2015年年底，十八洞村村民齐聚一堂，按照去年的惯例，对六名扶贫队员的工作成绩进行打分。龙秀林信心满满。2014年，扶贫工作队带领村民们让十八洞村基础设施焕然一新，这一年，队长龙秀林在村民评议中得了第一名。这一次，当千亩猕猴桃产业园初具规模，队长龙秀林信心更足了。评议会伊始，他对全体村民说："群众的眼睛是雪亮的，你们看得准，所以你们也给我们打一个公道的分。"

村民们闷着头评议，十八洞村村"两委"当场统票唱票。当十八洞村时任村支书龚海华宣布结果的时候，龙秀林失望了。第一名、第二名都不是他，龙秀林心里在打鼓，直到念到最后一名，龙秀林才清清楚楚听到自己的名字。火塘的白火灰飘到龙秀林的头上，那头已经长了不少白发的头发似乎更白了，龙秀林苦笑着，头低得有点下，那份尴尬和纠结，谁都看得明白。

"大家分数差距都很小。"村支书龚海华在尽量缓解尴尬气氛，但是作为队长的龙秀林是最后一名，这着实让他下不了台。

到底是什么原因让村民们给龙秀林打这么低的分？细究背后的原因，原来就是飞地果园猕猴桃产业项目，村民们对这个飞地果园不看好。

"我们在等米下锅，但扶贫款却被用在猕猴桃产业园，我们心里很不爽。"有村民愤慨地说。

"三年后才能见成效，画出来的饼不能填饱眼前的饿肚子。"有村民担忧。

听到消息的花垣县委主要领导来到了十八洞村，与村民聊起了猕猴桃见效慢的问题。"你不可能说今天你生小孩，明天小孩儿就会喊妈，后天小孩就会结婚，太快了就不符合自然规律，是不是？"领导苦口婆心地打比方。

村民们虽然仍议论纷纷，却也渐渐理解了为什么要搞猕猴桃产业园。

"有了猕猴桃产业园，等于说我们三年以后就会有收入了。"

"就是说一把钥匙打开千把锁。"

村民们你一言我一语地说。

到了2017年秋天，当一大片挂着果的园地摆在眼前，当丰收的果香味沁人心脾，村民们悬着的心彻底放下来了。他们知道，飞地果园并不是"看不见摸不着"，而是想来看就能来看；飞地果园也不是一个虚拟的概念，而是实实在在地能长出丰收的果实。

从2014年开工到2017年挂果，十八洞人对种植的每一个细节进行把控，79项检测指标全部合格。

站在飞地果园边上，龙秀林笑了。"这在十八洞和花垣县周边乡镇还是第一次，这一回算是看到新气象了。"龙秀林总算松了口气。

回忆起总书记关心十八洞的点点滴滴，乡亲们总是激动不已。"再过十来天，村里种的猕猴桃就要采摘了，村民们想送到

十八洞猕猴桃飞地产业园果香弥漫，累累硕果让人生喜悦

猕猴桃产业园丰收了，十八洞村民的喜悦就写在脸上

北京给总书记尝尝，告诉他'扶贫花'结出了'幸福果'，请他放心。"站在挂满猕猴桃果的飞地果园外面，龙秀林说。

结果的第二年，也就是2018年，十八洞猕猴桃采摘200吨，实现销售收入500万元，村民每人增收1000元以上。2019年进入盛果期后，十八洞猕猴桃增收更可观。

十八洞猕猴桃产业园是精准扶贫中一次因地制宜的创新性尝试，就目前取得的效果来看是较为成功的。最为关键的问题是，村民们是否真的从猕猴桃中收获了实实在在的利润，增加了收入，过上了更好的日子？

当我们在十八洞村梨子寨采访时，提起猕猴桃，村民们总是很开心："这么好的政策，当然要入股。""去年卖了猕猴桃，已经拿到1000块钱了！"

提到大家当初的顾虑，十八洞村苗汉子果业公司董事长石志刚表示非常理解，"一开始村民还有疑虑，对猕猴桃不看好。自从发了收益金，村民对猕猴桃产业园越来越有信心，甚至建议扩大规模。这样实实在在的扶贫项目，能提高村民的收入、改善生活水平，大家都愿意加入进来，贡献自己的一点力量"。

问到猕猴桃的销路问题，石志刚告诉我们："目前来说，我们十八洞的猕猴桃不在本地出售，而是远销港澳。海关对我们的猕猴桃多有关注，准备把我们的猕猴桃销往海外。我们取得了出口许可证，通过了检验局的检验，完全达到了出口的标准。另外还通过京东、快乐购、邮乐购等销售了一部分。到了盛果期，猕猴桃园的产量会更高，不仅出口国外，也会在内地销售，进一步拓宽销售渠道。以后不光是我们这 1000 亩，另外还有一个 2015 年布置的 2000 亩的三乡果园，是为了三个乡镇的贫困户筹建的。三乡果园也是归我们管理。"

石志刚还表示，除了主要出售的特等、一等、二等果以外，还会有品质稍微次一点的三等果、四等果。产业园准备建加工厂，生产猕猴桃罐头、糕点甚至猕猴桃酒等，增加多种副产品，这样也能增加收益。

2019 年 1 月 17 日，春寒料峭，十八洞村却处处张灯结彩、

村民领取猕猴桃产业收益金，笑得合不拢嘴

人头攒动。939位村民换上苗族盛装、打起苗鼓，他们用这种特殊的方式欢庆苗族最隆重的传统节日"苗年"，也是用这种方式庆祝猕猴桃产业园的丰收。

比过年更兴奋的是"分红"！一颗颗沉甸甸的猕猴桃装进了十八洞村民那一个个丰盈的日子里。

十八洞村的猕猴桃产业2017年开始分红，2018年算得上喜获丰收，贫困户人均分红1200元，非贫困户也有600元，总分红金额达到了88.5万元。2019年的分红更可观，贫困户家庭每人分到了1600元，非贫困户减半，是800元，总分红118万元。

四个寨子的"合唱"

　　树起几个产业亮点和脱贫，只是十八洞发展路上的第一步。原村支书龙书伍说得很坦率，那几年产业初兴的十八洞前景光明，可蓬勃发展的背后却有一个隐忧，那便是四个寨子的发展并不均衡。如果一碗水端不平，则势必民怨沸腾，再好的扶贫成果都会大打折扣。

　　事实上，发展不均衡一直都是十八洞人的心头痛。车入十八洞村，到了村口，往左是飞虫寨、当戎寨，往右是竹子寨、梨子寨。曾经的十八洞村，不是右边的村民抱怨"老天不公"，就是左边的抱怨"一碗水没端平"。

　　2005 年，竹子、飞虫两村四寨合并成十八洞村。因为靠近国道，又地平田多，飞虫村比竹子村富。而梨子寨又是村里最偏远、面积最小、田最少的"小寨"，穷上加穷。那时，梨子寨的村民常抱怨，老天偏心，政策不给力，唯独自己寨最穷。

　　最直观的印象就是房子。2013 年前的十八洞村，较富的飞虫寨里一派混搭风——水泥房子和吊脚苗楼混杂，瓷砖贴面与黄泥竹篱墙共存。不同于飞虫寨的混杂，梨子寨倒是穷得"风格统一",全寨 28 户全都住在歪歪倒倒的老木楼里,房龄往往比户主都大,寨里老人都说三四十年来没动过土(建房)。

房子的问题不光是因为穷,龙书伍解释,飞虫寨靠着路边,水泥、砂石可以直接运到家门口;而山窝窝里的梨子寨,在没有通路前,靠骡马运一包水泥进去就要"两包水泥的钱"。

梨子寨穷得"纯粹",穷得原生态。

因为精准扶贫在此首倡,十八洞村尤其是梨子寨从此闻名全国。原先最穷的梨子寨变得最有名,红色旅游蓬勃发展,游客和考察团络绎不绝,梨子寨几乎是所有游客必去的地方。

引来更多关注的梨子寨建设也更讲究了。全寨黑瓦木楼、泥墙竹篱,配上青石板路和连廊院坪,游客多的时候便是热热闹闹的景区了。而村口大路的另一侧本来相对"富裕"的飞虫寨,相对于出名之后的梨子寨显得暗淡了不少,成了大家看不到的"角落",房子还是水泥房和老木楼的混搭风,村民不是去梨子寨、竹子寨的工地上干活,就是去村口和梨子寨前坪摆摊做小生意。

一时间,游客、项目都盯着梨子寨和半路上的竹子寨。这一回,换了飞虫和当戎两寨的村民抱怨"一碗水端不平"。修路有人抱怨光顾着梨子寨,建停车场则发牢骚说这是占了自家田便宜"别家寨"。

刚到十八洞的时候,扶贫工作队队部就设在梨子寨,龙秀林他们也在梨子寨办公。老百姓不免戏谑地称呼龙秀林为"梨子寨的龙队长"。这个称呼别人听不懂,可龙秀林再清楚不过:意思就是说龙秀林的心思都在梨子寨。知道这个情况后,2015 年,龙秀林把扶贫工作队队部搬到了飞虫寨。

龙秀林清楚地知道，村里要想取得长足进步，实现可持续发展，其中一个关键，就是除了习近平总书记考察过的梨子寨，竹子、飞虫与当戎三个寨子也要均衡发展，让所有村民都享受到精准扶贫的成果。

扶贫伊始，扶贫工作队所考虑到的均衡，是基本保障上的均衡，是在"两不愁三保障"层面，保障和改善十八洞村村民的基本生活。不管是"六到户"还是"五改"工程，都是扶贫工作队的有益实践。而村民们也切切实实在这个过程中体会到了精准扶贫所带来的变化。我们今天看到的十八洞，早已发生了十八洞人过去所不敢想象的变化。

这样的均衡发展，让老百姓心里舒坦了不少。可随着人流量日渐增多，新的不均衡又出现了。这种不均衡，原村主任施进兰说，主要体现在旅游方面的客流量，目前梨子寨客流量集中，竹子寨其次，当戎和飞虫两个村寨则比较冷清。

怎么去打破这种不均衡局面？这正是当下以麻辉煌为队长的扶贫工作队、以施金通为村支书的村"两委"重点考虑的问题，也是花垣县十八洞旅游开发有限公司正在重点规划和突破的问题。

"十八洞真正脱贫还是靠旅游。"施进兰说。在 2017 年村"两委"换届选举之前，施进兰主动提交了书面申请，要求到旅游公司去。

花垣县十八洞旅游开发有限公司成立于 2017 年，真正营业则到了 2019 年 5 月。这个筹备良久的旅游公司对十八洞的发展所起的作用不言而喻。

施进兰主动请缨来到了旅游公司，担任公司副总，主管讲解部的工作。开始营业后，旅游公司的发展就蒸蒸日上。施进兰说，到 2020 年 3 月份，公司总计接待游客将近 20 万人次。

游客来到十八洞村，首先要到游客中心换乘旅游车。讲解员上车之后，努力抓住七八分钟的车程，向游客介绍十八洞的基本情况。车子来到设在竹子寨的新村部，游客下车，跟随讲解员来到展览馆。参观完展览馆，便来到梨子寨，走习近平总书记所走过的红色路线，而这也是十八洞旅游的重要线路。如此一条旅游线路下来，需要两个多小时。之后，根据游客需要，再行安排。

讲解部 20 人，都是女将，多是十八洞的人。这些女将，来自四个寨子的普通人家。她们中间有土生土长的本地人，有从外面娶进来的媳妇，还有回乡的大学生。讲解员的招聘要求并不低，施进兰说，必须是能说普通话，至少要保证游客听得懂；另外，还要求讲解员思想素质高，素质差的自然是不能当讲解员的；仪容仪表也要过得去，一个讲解员就是一个景区的名片。

担任村主任的几年，施进兰看到了十八洞村的巨大变化，也亲自参与了十八洞村的每一次建设。在这个过程中，他不断思考，十八洞的未来，到底该怎么走？

直到成立旅游公司，施进兰看到了希望。"从精准脱贫迈向乡村振兴，农旅结合势在必行。"施进兰说。来到旅游公司，他一心所想的，也是要向游客推介十八洞经验，包括有些什么产业，今后产业怎样发展。他想通过旅游带动产业的发展，同时又通过产业带动旅游。

为了解决"半日游"的问题，十八洞制定了"合村融寨，村景抱团；一寨一品，差异发展"的十六字发展方针。还有另一套十八洞版的十六字方针，更多反映了十八洞村里人心的变化，这十六字方针是：团结一心、克服困难、自力更生、建设家园。

十八洞溶洞的开发和即将开放对十八洞旅游而言就是一大突破，也能一定程度上缩减四个寨子发展不均衡的问题。十八洞溶洞的入口在飞虫寨和竹子寨中间。施进兰说，溶洞开放以后，旅游公司准备在溶洞上方开辟一条观光道，观光线将从飞虫寨、当戎寨穿过，最后回到游客中心，这样就有利于带动这两个寨子发展。目前，这一切尚在规划中。

从厦门过来的黄寿全将公司挪到了十八洞村。十八洞村因特大溶洞十八洞而得名，洞中有洞，洞洞相连，形态各异，鬼斧神工。黄寿全看中了这里，决定将溶洞打造成"亚洲第一奇洞"。从2017年起，他天天待在公司项目部，以村为家，以开发溶洞为业，目的是让更多的人畅游十八洞、爱上十八洞。

施进兰说，十八洞溶洞旅游配套设施已建成。

不仅如此，施进兰说，旅游公司还想把竹子寨的梯田开发出来：冬天播种，春天看黄灿灿的油菜花；夏天插秧，秋天看沉甸甸的稻子。在现在还未大范围开发的飞虫寨和当戎寨，旅游公司准备开发一批民宿客栈和餐饮项目，让客人游玩之后可以入住。在这将近一年的游客接待中，施进兰深深感受到，十八洞村的住

薄雾缭绕的十八洞村宛如人间仙境，为发展旅游提供了得天独厚的条件

宿和餐饮接待还有很大的提升空间，很多游客想住却没地方住，最后只能到花垣县城去住。施进兰说，旅游公司也会充分鼓励村民来参与民宿和餐饮的开发，乡村旅游只有村民参与才能做好。

在湖南大学设计研究院等机构的帮助下，扶贫工作队和十八洞村"两委"制定了《十八洞村庄规划（2018—2035）》。在这个宏大的规划中，十八洞将充分利用村寨四周的生态田园、溶洞峡谷、山地森林，跳出村寨发展旅游。梨子、竹子还是旅游主景区，飞虫和当戎则是产业发展核心区。根据梨子、竹子、飞虫、当戎四个寨子的不同特色，在景观上创设云雾梨花、山乡翠竹、田园唱响、桃花山谷等品牌形象；在主题产品上分别构建全国精准扶贫学习地、苗乡文化体验地、中华苗医养生地和全国首个少数民族传统体育运动村落的子品牌。

若这些规划可以落地，那么到十八洞旅游，便可不局限于梨子寨的红色路线，而是四季都能看到苗寨的美丽风景。十八洞的四个寨子，也能各显其能，得到均衡发展。

"现在，光是在十八洞旅游公司就业的就有70个人，包括保安员、讲解员、验票员、管理员等。此外，旅游公司还带动了从业人员150人，包括农家乐12家、民宿7家，还有一些销售土特产的人。"施进兰细数着旅游产业对十八洞村的带动作用，眼中充满了希望，浑身充满了干劲。

"2014年5月份到2017年，我担任村主任，扶贫工作我是实践者，也是受益者。我觉得我们要真正脱贫，不能靠工作队给钱给物，而是要靠老百姓自己。"施进兰说，"现在到了旅游公司，我想把我们村从精准扶贫迈向乡村振兴的工作经验宣传出去，让全国各地的人都了解十八洞。"

本来准备五一对外开放的溶洞，因为疫情影响，施进兰说，可能会推迟到10月份。我们2020年5月份再次来到十八洞村采访时，洞内的基础设施，包括灯光，都已经准备就绪，只有洞口大门还在完善中。目前，溶洞的开发由花垣县十八洞旅游开发有限公司负责。我们期待拥有丰富文化资源和美丽自然景观的溶洞给十八洞村的旅游再添亮丽一笔。

只有把产业的蛋糕做大、分匀，才能有效解决发展不均衡的问题。可以想见，曾经被称为"穷山恶水"的那山那洞，现在正华丽转身，或将成为举世瞩目的地质景区旅游地。

接踵而至的游客与参观者，全国媒体的争相报道，上级领导的重视，来自全国的项目，都让十八洞村的名声越来越响。十八洞已经不只是湖南湘西的十八洞，也是全国的十八洞，精准扶贫首倡地的十八洞。十八洞的均衡发展、脱贫致富，甚至走向乡村振兴，显得尤为重要。

沿着新村道走下山，村民们哼唱着苗歌欢送游客：

我们住在金银窝，
境内自然资源多。
精准扶贫来领航，
欢迎多到苗寨来。

精准扶贫从十八洞开始。十八洞的苗家儿女们并没有躺在光环与政策的恩惠下吃"现成饭"。这些朴实的村民有过彷徨，也有过反复，可他们在国家大政方针的指导下，在政府和扶贫工作队以及村"两委"的指引下，齐心协力，几年时间，创造了今日的十八洞。现在的十八洞村，已然实现了"两不愁三保障"，已然有了自己的产业，有了自己的规划。在扶贫工作队的带领下，他们开发了飞地果园、山泉水厂、电商服务站等，十八洞成为星级景区。这里的村民们早已不再身处偏僻之地，他们与新世界的交互只一步之遥，生活每天都有新变化。

"精准扶贫"伟大方略在这片首倡之地完美地落地、生根、发芽、开花。十八洞探索出的新经验，被推而广之，惠及广大贫困地区。

如今，在湘西州，在湖南，在中国，以十八洞村为样板，一条"可复制、可推广"的精准扶贫之路不断延伸，一幅脱贫致富的宏伟画卷，正顺着湘西的青山绿水，在中国大地延展。

第四章

归来的村民

>>

回　家

在十八洞村，经常听到村民说起一句质朴却富有诗意的话——鸟儿回来了，鱼儿回来了，虫儿回来了，打工的人回来了，外面的人来了。

十八洞险峻奇秀，飞鸟虫鱼其实从未离开。但因为穷，曾经全村"青壮打工去，收禾童与叟"，连"姑"也外出打工了。年轻人走了，寨子里苗歌不再、火塘渐冷，留给亲人们的只有过年时一个个赚大钱的故事和一张张汇款单。但与此同时，我们也要看到积极的一面，那就是年轻人在外面见了世面、开阔了眼界，成为一颗颗蕴含能量的种子。

2013 年 11 月 3 日，"精准扶贫"重要思想在十八洞村提出。当这些年轻人或曾经的年轻人在电视上看到、电话里听家人说起党和国家最高领导人来到了自家的寨子时，他们隐约感受到"精准扶贫"一词中蕴含的希望与力量，他们如思乡的倦鸟纷纷归巢，大家都希望换种活法，为自己也为村子。

现在，十八洞村最大的变化是"在外的年轻人回来了"。

"归去来兮，田园将芜胡不归……"梨子寨的杨东仕念起陶渊明的《归去来兮辞》，他告诉我们，"现在村干部或者村里出名的能人，只要是 45 岁以下，你们在网络上电视上听过看过的，几乎全是（外出打工）回来的"。

杨东仕的儿子杨建军，是一位归来的扶贫人。杨东仕清清楚楚记得，"幸福人家"几个字就出自儿子杨建军之口。

那是 2013 年 11 月 3 日，习近平总书记来到十八洞村的那个晚上，杨东仕在床上辗转反侧，他怎么也睡不着，满心的激动，他不知道以什么方式表达出来。突然，杨东仕从床上坐起来，拿出纸和笔，在桌子上摆开，他想以教书多年的手写一副对联来表达自己难以平复的激动心情。

"习主席握手温暖人心，共产党领导福泽万代！"写完之后，杨东仕仔细端详并朗读着自己写的对联，又加了一个横批"美满幸福"。

他反反复复地看，总觉得还有不满意的地方，又拿起电话拨给在县城工作的儿子杨建军。建军真的是建军节那天出生的，杨东仕想都没想就给他取名叫建军。

"爸，这么晚打电话有什么事呀？"儿子知道父亲若不是有要事，很少打电话给自己。

"有什么大事？有很大的事！"杨东仕一五一十地将白天跟总书记握手、座谈，晚上睡不着觉的情况跟儿子说了。"建军，我写了一副对联，你帮我看看。"杨东仕将对联念给儿子听。

杨建军听了父亲的讲述，也激动万分。听了父亲念的对联，他抬着头望着明晃晃的灯，突然灵机一动："爸，我觉得横批可以改一下，写'幸福人家'更妥当！"

"好，好，好！"老父亲杨东仕这下满意了。

第二天一大早，杨东仕就起床了。他跟老伴交代了一声，就匆匆出了门。他要进城去办一件大事——买红纸。他要把这副对联用红纸写好，贴在自家大门口，进进出出都能看到，永远记得习近平总书记到过这个贫瘠的小村子。

归去来兮，吃"皇粮"又回村住的，杨东仕是梨子寨里的第一个，儿子杨建军应该是第二个。杨建军一开始也跟父亲杨东仕一样，是个小学教师，后来调到县教育局，2016 年他主动申请回到家乡成为精准扶贫工作队队员。

杨东仕并不希望儿子驻村留寨。可他自己却一直留在村里帮助着街坊邻居，实在没理由说服儿子，因此他也就没有劝阻。

从 2014 年到现在，十八洞的扶贫工作队已经换了三拨，杨建军属于第二拨扶贫队中的一员，在第一拨龙秀林带队的扶贫工作队所做的开拓性工作的基础上，第二拨扶贫队的工作主要是巩固与提升。

土生土长的杨建军知道自己责任重大。

在 2016 年 8 月到 2018 年 8 月的两年中，杨建军就是住在自家的老房子里，常常加班到晚上 12 点多。对这片生他养他的土地，杨建军有着深厚的感情。如今，有了机会建设它，杨建军觉得浑身有使不完的力气。

功夫不负有心人，十八洞在稳中求进。更让杨建军开心的是，建设中的十八洞，吸引了更多年轻人归来。

龙书伍是土生土长的十八洞人，从十八洞离开，又回到十八洞，这条路，走了将近二十年，曲折又艰辛。

　　也是在这个过程中，龙书伍学到了知识，增长了见识，为他的回归，打下了"见多识广"的基础。

　　前面我们已经说过，龙书伍从2001年就离开十八洞外出打工，他下过矿山，到过浙江，去过迪拜。

　　在浙江打工的那些日子，龙书伍和妻子凭借勤劳的双手，慢慢熬出了头，两人一个月能挣到一万多块。日子眼看着越过越红火，腰包眼看着越来越鼓，可令龙书伍没想到的事情发生了。

　　在2010年前后，正在读初中的儿子小龙辍学了。

　　龙书伍和妻子外出的那几年，小龙留在老家十八洞，由家中老人带。十来岁的男孩，正是叛逆期。从龙书伍家到学校，要走一个多小时。小学的时候，孩子们结伴同行，早出晚归，而到了排碧中心学校，走路就更远了，孩子们只能寄宿。

　　父亲母亲常年不在家，遇到问题也没法及时沟通，受了委屈也得不到父母的安慰，小龙的叛逆情绪越来越强烈。爷爷奶奶管不住，父亲母亲管不到，小龙走上了"不好好读书"的岔路。

　　"如果村里能够发展得好一点，那么像我儿子这个年龄，辍学的概率会降低很多。"儿子辍学的事，给远在外地的龙书伍带来了很大的打击，他在心里暗暗着急、遗憾、自责，好几年，他都不能释怀。夜深人静的时候，想起儿子的情况，他甚至萌生了回家去的想法。可是，想想十八洞当时的状况，自己回去能做什么？靠什么赚钱？当然，龙书伍也会担忧，自己毕竟不算年轻了，随着自己慢慢变老，在外面打工万一没人要了怎么办？思绪乱如麻，他想回去，却没有勇气回去。

2013年11月3日，刚从迪拜回到浙江的龙书伍在《新闻联播》里看到了家乡十八洞，看到了习近平总书记来到了十八洞村。他似乎看到了新希望，他觉得十八洞村应该会有新的发展，可是他也清楚，像自己一样的壮劳力此时多在外地打工，村上没有年轻人，拿什么来发展？自己作为一个年轻力壮的人，是不是更应该回家去为家乡出一份力呢？此时，一个简单却执着的想法涌上他的心头："总书记都来十八洞了，我是十八洞人，为什么不回去？"

坚定了回十八洞村的念头，龙书伍马上提交了辞职信。当时，作为公司师傅级的员工，龙书伍的辞职信并没有被马上批准。而且，当时妻子也反对辞工。可龙书伍"回意已决"。直到2014年元月份，龙书伍才真正辞掉了工作，踏上了回家的路。

年近50岁的龙书伍，万里归来仍有着少年的心气。回村后的这些年，他几乎见证并参与了十八洞的所有变化。

也大约是龙书伍回乡的那段时间，以龙秀林为队长的扶贫工作队进驻十八洞村。随之而来的，是一次又一次开会研究如何发展十八洞村。而真正让龙书伍坚定意志留在十八洞村的还是村民自发组织的一次会议。在那次会议上，有好几个60岁以上的老人家意味深长又饱含真情地对着龙书伍等从外地归来的青壮年或能力强的人说："你们既然回来了，就不要再走了。"

这句话，深深地烙印到了龙书伍的内心深处，他觉得，自己真的应该为十八洞村尽一份力了。

2014 年，又恰逢十八洞村村"两委"换届选举，归来的老党员龙书伍凭借多年外出务工，走南闯北的见识，以及高中毕业的文化，被村民们选为村上的会计和支委委员。这一年，十八洞村"两委"阵容庞大，60 岁的石顺莲不再担任村支书，而由原来的大学生村官，也就是一开始作为石顺莲支书助手的龚海华担任村支书，施金通任第一书记，村主任则由施进兰担任。

这么一来，龙书伍感觉自己肩上的担子更重了，当然也更坚定了他为村上做点事情的决心。成为"公家人"的龙书伍，骑着自己那辆破旧的摩托车，穿梭在四个寨子的各家各户。村上的事情很忙，工资却很低，或者说，根本就没有休息时间。有时候，一忙就忙到晚上，忙到凌晨。从基础设施建设，到村民思想道德教育，再到发展十八洞产业，每一件事，龙书伍都贡献了自己的一份力量。

2014 年过春节，妻子隆韶英回来了，看到十八洞的变化，看到自己的丈夫没日没夜为村上奔波，完全没时间照料家里，甚至是照顾他自己，之前反对辞工的妻子看在眼里，疼在心上。第二年，到了该外出打工的时候，她没有再走，而是毅然留了下来，留在了十八洞，留在了龙书伍身边。

可忙惯了的隆韶英闲不下来，听说村里成立了旅游公司，正在招聘讲解员，能说会道的隆韶英就去应聘，被选上当了讲解员。这份在家门口的工作让隆韶英找到了归属感，她一边能照顾家里，一边还能赚到钱。

龙书伍为村上所作的努力，村民们都看在眼里、记在心上。在 2017 年换届选举的时候，龙书伍众望所归，被十八洞村民选为村支书。当了村支书的龙书伍，所承担的事情就更多了，常常一忙起来就没日没夜连轴转。可是，他心里踏实。

如今已经 20 多岁的儿子，随着父母的回归，也慢慢听话了。红火的十八洞，让归来的龙书伍和隆韶英在家门口过上了红火的日子，找到了日子里闪闪发亮的希望。

像龙书伍这样回归的青壮年还有很多，比如施进兰、龙书优、龙吉隆、龙金彪、杨超文、杨振邦等。当初，他们外出的原因几乎一致：十八洞穷；现在，他们归来并留下的原因几乎也一致：十八洞大变样了，村上要发展，需要年轻人。

毫无疑问，归来的他们成了村上发展的中流砥柱。

而精准扶贫下的十八洞村，其吸引力远远不止于此。回来的，除了扶贫人，除了青壮年，更有大学生。

1996 年出生的施湘是从十八洞村走出去的大学生，"走出大山，到城市里发展，有个稳定的工作"，这曾经是她最大的梦想。

最终，凭借自己的努力，施湘如愿以偿地走出了大山。只是，从贫穷的十八洞村走到省会长沙，施湘这一路求学之途并不轻松。

一、二年级，施湘在十八洞小学读书，那时候学校只有一个老师，懂事的施湘总是抓住一切机会学习。三到五年级，施湘来到排谷美小学，排谷美小学教学条件好一些，可对施湘来讲，上学也意味着更辛苦。从家里到学校要走一个多小时，学校不能寄宿，小小的施湘每天六点多起床，走路去学校。放学后，又是一个多小时的路程回家。虽然学习艰难，可施湘读书也更刻苦，终于凭借优异的成绩考上了当时十八洞的孩子都梦寐以求的好学校——麻栗场小学，在这里，她读完了初中，考上了高中。

当时的十八洞，穷得出了名，在镇上读书，施湘感觉自己因为是十八洞人而被有些人瞧不起。而十八洞的更多孩子，没有施湘的刻苦，也没有施湘的幸运，而是像施湘说的"初中没毕业就辍学外出打工去了"。

经历了艰难求学历程的施湘，当时一心想的就是走出十八洞，走出大山，到城市去。

谁也没有想到的是，最终，施湘却选择了与儿时梦想背道而驰的回到十八洞。

2018年从湖南信息职业技术学院毕业，学会计出身的施湘回到了十八洞村。当时，十八洞村正在迅速发展，旅游业如火如荼。村里游客多，缺少普通话标准的讲解员。正面临毕业找工作的施湘听到了这个消息，回家跟父母商量："爸、妈，我想回村当讲解员。"

"你不是一直都想到城市吗？怎么又打算回来了？"父母不解。

"此一时彼一时嘛，现在村上发展好了，而且正需要年轻人回来建设。我回来，不仅能为村上尽一份力，而且或许能遇到更好的发展机遇呢。"小小年纪的施湘想得明白。

向来支持女儿想法的父母，看到女儿心意已决，便畅畅快快地答应了："娃，你说得对，现在村上发展好，游客多，也正缺人，我们支持你回来。"

就这样，施湘顺利地回到了十八洞村。如果说曾经的梦想是牵引着她脱颖而出考上大学、走向城市的一大动力，那么，现在建设十八洞亦是牵引着她果断回到村上的重要原因。或者说，建设好十八洞，让家乡不再贫穷一直都是深藏在施湘内心深处的一个梦。

"村上号召年轻人回乡，身为村里的一分子，我觉得自己应该回来尽份微薄之力。"施湘说。

回到村上，施湘找到施进兰，说自己想当讲解员。

经过培训之后，施湘上岗了。一年多来，施湘并不轻松。早晨八点半上班，若是参观团来得早，施湘她们就要更早上班。晚上，等送完最后一个团，一天的工作才算完成。

近些年，外地来十八洞旅游的人多，最多的时候，施湘一天带了七拨游客。很多时候，她忙得连吃饭时间都没有。

有时候，施湘也会遇到不太文明的游客。一个小姑娘，也难免会成为一些不文明游客的撒气筒。

有一次，有一个十来人的旅游团在村口跟十八洞一个村民发生了口角，一路上，施湘就成了这拨游客的撒气对象，或含沙射影，或被直接喊骂。施湘也试图跟他们解释和作调解，却无济于事。作为讲解员，施湘知道，不能和游客发生正面冲突，所以，她默默承受着，将一切压在心里面。当终于带完这拨游客，将他们送走之后，这个20多岁的小姑娘回到游客中心，躲在角落里，眼泪顷刻间夺眶而出。

在讲解员的岗位上经历的事情多了，施湘不断地蜕变。她知道，讲解员某种意义上代表的就是十八洞的形象，她必须把这张名片打造好，决不能丢十八洞的脸面。

在当讲解员的同时，施湘还盘算着，要利用现代化平台介绍十八洞。有这样想法的不止施湘一个。

有个叫"湘西十八洞娇娇"的抖音号2020年春节后火起来了。

主播叫"娇娇"，一个漂亮的苗家姑娘，常常出现在十八洞村的田间地头，有时候砍柴，有时候犁田，有时候干别的农活，

回乡创业的施林娇团队用直播带货方式帮村民们销售特色农产品

有时候还唱苗歌。

其实，"湘西十八洞娇娇"抖音号火起来不是偶然，而是必然。这必然来自三个有想法、有干劲、有梦想的青年。

这个三人团队中，最开始提出回十八洞村发展的，应该是施志春。

1989 年出生的施志春是十八洞村的第一个研究生，他满脑子都是想法。在十八洞村这个回乡创业年轻人小团体中他是老大哥。其实，施志春回乡发展的想法由来已久。小时候的施志春是个刻苦的孩子。"我小时候读书记忆力不是很好，背东西要背好几遍。为了不让同伴们看自己笑话，我就喜欢赶牛放羊，这样一来，我可以到山上没人发现的地方去下功夫，看书常常一看就是一天。"施志春说。

施志春的身上有一股执着劲，或许就是这股劲头让他走出了当时贫穷落后的十八洞村。

施志春说，读初中的时候英语差，可他不放弃。最终，他拿下了自己最不擅长的这门功课。这段经历深深地根植在了他的内心深处。上了大学，到外面见了世面，他深刻地了解到，乡村的英语教学跟外面有着非常大的差距。

吉首师范学院毕业后，他又自考了中南大学的本科。本科毕业之后，在绝大多数同学选择北上广深的时候，他毅然选择了回到自己的家乡，到排碧中心学校当英语老师。施志春回乡教书自然是有目的的：因为自己当年学英语学得很吃力，他便想通过自己的努力改变乡村的英语教学环境，让现在的孩子不像自己当年那么吃力。

2013 年 11 月 3 日，习近平总书记来到十八洞村的时候，施志春正好是排碧中心学校的老师。得知这个消息，他激动得睡不着觉，一种想为村上做一些事情的想法油然而生。

2017 年吉首大学研究生毕业后，施志春继续回到排碧中心学校教学。教书之余，他喜欢回到村上跟邻里乡亲聊聊天。此时的十八洞村，在精准扶贫的推动下，已经在发生着翻天覆地的变化。基础设施变好了，游客也越来越多。但看着走路都有些蹒跚的老奶奶努力地背着东西去卖，一股心酸感涌上他心头，"您的东西卖得怎么样？"施志春问。

"唉，也难卖咯。你们是大学生，能不能帮我们把东西卖出去呢？"老人的眼神中充满期待。

就是这么一句话，刺激了施志春。他自然是想帮邻里乡亲卖货的，可是他能怎么帮忙呢？

一股迷茫感袭来，施志春找来好哥们施康，聊开了自己的想法。其实，他们两个从小便在一起活动，一早就在为村上做事，十八洞村的腾讯"为村"平台，哥俩都付出了诸多心血。此时的施康，刚刚大学毕业，正在长沙工作，说是要在外面学一两年再回来。

1996 年出生的施康和施林娇从小就是同学，跟施志春却是多年的哥们儿，他叫施志春哥。在十八洞村走访的时候，我还发现了一层特殊的关系，施湘和施康是双胞胎姐弟，他们的父亲正是旅游公司的施进兰，如此一来，一家人都算是回到了家乡，为这片土地的发展贡献力量。

其实别看施康年龄小，他大学学的专业是动漫设计与制作，工作和兴趣点是自媒体和新媒体运营，他在大学就开始接触小视频，毕业参加工作就能拿到七八千元的工资，发展前景一片大好。

可他为什么会最终辞掉城市的工作，一心一意扎根十八洞村？施康跟我说了一句话："我是个土生土长的大山孩子，我从小就有一种回家乡发展的想法。"原来，回乡发展的想法从小根植于这个小伙子的心中，根深蒂固。

施康上大学的时候，精准扶贫在十八洞村正如火如荼地进行。选择专业时，施康选择了一个新潮的专业。毕业之后，他又选择了去做新媒体运营。这一切，用施康的话来说，都是为了将新技术学到手，最终带回家乡，发展家乡。

这样的想法，他经常跟大哥施志春交流。他也告诉了父亲施进兰。施进兰竖起了大拇指："年轻人自己的路自己做主。"他这么鼓励儿子。

施志春很想快点为村上做些事。他喜欢弹吉他喜欢唱歌，空闲的时候，他就一个人背着吉他在路边唱歌，引来游客围观，用这样的方式帮助邻里乡亲卖东西。虽然也有人买，可施志春知道，这样也不是长久之计，一个人做总归力不从心。

到2019年年底，施志春、施康、施湘、施林娇都回到了家乡。

其实这次施康已经下定决心回家乡发展。他不光是人回来了，而且啥都搬回来了，包括摄像摄影设备和电脑等。这次回来，他就是想好好在家做一份事业，为梦想，也为家乡。

几个年轻人终于聚在了一起，商议起了回乡发展的事。可万事开头难，这个事到底该怎么做？几个人为了探讨出一个可行方案，聚了上十次，但第一步总是难以迈出。碰上疫情，抖音视频和直播更火了，几个人一商量，决定先从短视频开始做起。

可到哪里去拍摄呢？为了找地方，几个人在整个寨子里走了好几天，终于找到了一些合适的点位，抖音视频拍摄也就这样开始了。

漂亮的施林娇负责出镜，她说自己的角色就是做好一个苗家阿妹；施康负责抖音视频的策划、拍摄、剪辑以及运营；施志春则负责全面统筹，哪里需要到哪里。

最开始火起来的视频要数在石拔专大姐家拍摄的腊肉。传统的木房子，腊肉配火坑，视频很快就火了。

到 2020 年 5 月份，施志春他们已经策划运营了两个号，一个专门拍摄跟腊肉相关的视频，这个号已经有 7 万多粉丝；另一个号则是宣传家乡文化，刚刚起步，粉丝 2 万多。

抖音号有了起色，帮乡亲们卖东西也就成了现实。现在，施志春他们常常到村民家收腊肉，按卖给游客的价格收。加上包装和运费，施志春说，目前只能保本而已。

"我们的目标是百万粉丝，通过账号去宣传民族文化和特色，让外界知道有这么一个美丽的地方。我们的初衷就是帮助家乡发展，通过我们的努力让乡亲们过上更幸福的生活。"美丽的施林娇捋了捋头发，眉眼间充满了自信和幸福。

施林娇希望能做个正能量网红、正能量主播。从国家，到省

里，到湘西州，到县里，也都在给施林娇他们提供支持，提供平台，提供培训机会。就在我到十八洞采访他们的那天，正巧碰上了央视在拍摄施林娇直播的画面，施林娇、施志春、施康穿着传统的苗服，穿行在十八洞的土地上，与这片土地高度融合。

从此，十八洞村多了一道新"风景"。

未来可期，我们也期待着这群从十八洞走出去又回到十八洞村、年轻又有梦想的大学生用自己的方式回馈家乡，建设家乡。

如同归巢的鸟儿，龙书伍、施进兰回来了，他们在为村里的发展筹谋奔走；施全友和杨超文回来了，开起一家家农家乐；施湘、施志春回来了，他们是返乡大学生，他们带来了新希望。曾经的游子回来了，成为十八洞村里的人气担当。回乡再看十八洞，他们第二眼的印象全是希望。

　　"不是为了回到故乡，就是为了离开故乡。"这句老电影的台词正契合了那些归去来兮的十八洞村民。当历史性的机遇摆在面前，十八洞和他们都迎来了"换种活法"的新希望。

脱 单 记

2019年2月16日，正月十二，十八洞村又开起了一年一度的"相亲会"，五对青年男女当场成功牵手。

回来的年轻人们，脱贫又脱单，这也许是十八洞故事中关于走出贫困最直观、最温情的画面。

早在2016年3月8日，十二届全国人大四次会议期间，习近平总书记参加湖南代表团审议时，特意向来自湘西的代表询问十八洞村的情况，专门问过：去年有多少人娶媳妇儿？

曾经的十八洞村，"光棍"是个大问题。扶贫工作队刚进驻的时候，十八洞村大龄单身青年就有三四十个，看不到希望的"光棍"们偷懒、打牌、闹事，潦草地活着。

扶贫工作队知道，村里需要年轻人回乡兴业，可是年轻的单身汉们若是解决不了单身问题，那他们回乡创业哪有热情？为此，工作队想到的最直接的办法，就是举办相亲会。2015年年底，龙秀林带领着十八洞村精准扶贫工作队面向全县举办了一场相亲会。

得知村里要举办相亲会，一周时间就有20多个青年赶回来报名。有村民说:"工作找不到不重要,以后还能找。老婆找不到的话,就错过机会了。"

为了将这第一次相亲会办好,龙秀林他们好几天前就在筹备。在开筹备会的时候,花垣县委主要领导提出了自己的疑虑:"我最关心的是,你们今年的相亲会,有多少外地的姑娘报名来参加?"

龙秀林说:"目前有 20 多个报名的。"

县委主要领导有些惊讶:"有 20 多个啊?"

看着县委领导不相信的样子,龙秀林得意地说:"有些姑娘甚至是城里来的呢!"

终于,在一个天朗气清的日子,相亲会在十八洞村杨再康家热热闹闹地办了起来。十八洞村有名的醉汉龙先兰和隔壁村美丽大方的姑娘吴满金就是在这次相亲会上认识,最后喜结连理的。

吴满金在县城上班,长得漂亮有福相。吴满金的外婆家就在十八洞村,她母亲就是那儿的人。听说了相亲会的事,吴满金瞒着父母,悄悄报名参加了。与其说是去相亲,其实当时吴满金更多是抱着去参加活动玩一玩的心态。

租了大巴,载上参加相亲活动的男男女女,龙秀林他们带着大家先到了十八洞村的飞地猕猴桃产业基地。

"你们看,我们十八洞现在多好啊!"龙秀林边走边对女孩子们说,言下之意,无非是要女孩子们多给十八洞的汉子们机会。

"美女,你的微信是多少?能——能加你微信吗?"突然,一个苗家汉子走到吴满金旁边，嘴上问吴满金微信，眼睛却怎么也不敢多看吴满金。虽然他皮肤有些黑，可吴满金感觉得到，他的脸红到了耳朵根子。

"行。"吴满金大方地把手机拿出来，打开微信二维码。

汉子加了吴满金的微信，便害羞地走开了。

"我叫龙先兰，很高兴认识你。"不一会儿工夫，吴满金收到了汉子的微信留言。

吴满金抿嘴一笑，"龙先兰"这个名字，走进了她的世界。

从猕猴桃产业园出来，吴满金跟着大队伍来到了十八洞村。走在青石板路上，望着建设一新的苗寨，吴满金在内心默默竖起了大拇指。

这些，都只是相亲会前的预热；随后，相亲会终于进入正题，地点还是在杨再康家。

男男女女，一个一个站在中间作自我介绍，有的俏皮，有的害羞，有的逗趣，欢声笑语一阵一阵地从这个朴素的苗寨传出。

轮到龙先兰上场了，这个嘴巴有些木讷的苗家汉子站在中间半晌，拘谨得双手不知往哪放，终于，他开口了："我没有才艺，但我有力气，哪个愿意跟我走，我让她幸福一辈子。"

有人起哄："你要怎么展示你有力气呢？"

龙先兰俯下身子，风风火火地做了 18 个俯卧撑。站起身子，他冲着大伙儿说："我的力气展示完毕。"

姑娘、小伙都被这虎头虎脑的龙先兰彻底逗乐了，笑得前俯后仰。吴满金也笑了，至此，龙先兰这个人，在她心里留下深深的印象。

这场热闹的相亲会，姑娘有 20 个左右，汉子却有 40 多个。在比例如此悬殊的情况下，谁也没料到，曾经出了名的醉汉龙先兰能成功牵手，而且是牵上了美丽能干的女孩吴满金的手。

时间回到更早以前。

习近平总书记到十八洞时，龙先兰正在广东打工，他从不看新闻，也不知道习近平总书记去十八洞的事。突然手机铃响，是家乡的儿时伙伴抑制不住兴奋打电话给他：先兰，习近平总书记到咱村啦！

"总书记肯定送钱了！"在工友们的怂恿下，龙先兰赶回十八洞村。回村第一件事，就是找村里要钱；要不到，龙先兰就闹，闹得一地酒瓶。他回村后也不找事做，除了喝酒就是闹事。

其实，龙先兰变成这样子并不是没有原因。他的父亲是个酒鬼，母亲忍受不了丈夫酗酒后的毒打而改嫁。龙先兰刚成年，父亲和妹妹就接连病死。几年间，龙先兰家从四口之家变成了只剩他孤身一人。

感觉不到温暖也看不到希望的龙先兰，虽然靠着乡亲们东一顿西一餐的接济活下来，却学会了借酒消愁，喝醉了就随意睡在路边。那时，他常说自己"一人吃饱全家不饿"，混一天是一天。

再后来，龙先兰出去打工，从这个厂晃荡到那个厂，有钱就喝酒，没钱就发呆，有一天没一天地混着日子。尽管龙先兰长得浓眉大眼、高大帅气，可因为喝酒和穷，总找不到女朋友。回村后，因为没有积蓄也找不到事情做，龙先兰成了村里出名的闲汉和"刺头"，他瞧不惯别人，别人也瞧不惯他。

有一天，龙秀林正在给湖南省一位副省长汇报工作，龙先兰突然闯了进去，对这位副省长说："省长，工作队来了，可我还是没有饭吃！"汇报工作被打乱，当时，龙秀林觉得自己难堪至极。但也是从这一天起，龙秀林对这个"刺头"开始关注起来。

龙秀林来到龙先兰家，跟他谈起了心，又认了堂兄弟。"一笔写不出两个龙字嘛！"龙秀林就是花垣本地人，老家也离十八洞不远，若要"攀"，怎么也能攀上亲戚。

从那以后，龙秀林真把龙先兰当弟弟对待。龙先兰不会做饭，他有空就在龙先兰家做饭，有时兄弟俩还喝上两杯，聊心事，聊人生。

"先兰，今年到我家过年去。"2014年春节将至之时，龙秀林跑到龙先兰家，郑重发出邀请。

"这……这不合适吧！"龙先兰摸了摸后脑勺，一脸尴尬，他用眼角偷偷瞄着龙秀林，觉得这些只是龙秀林在"做工作"。

"你还当不当我是你哥了！"龙秀林一声吼，是真的有些生气，"逼"着龙先兰跟着自己回家过年。半推半就中，龙先兰跟着到了龙秀林家，龙秀林的父母给龙先兰包了压岁钱，还和龙先兰认了"干亲"。

"莫笑，我悄悄跑出去，哭了。"时隔几年后，龙先兰还清清楚楚记得当时的情景，他是偷偷抹了眼泪的。

曾经顽固得像石头一样的龙先兰，心被彻底温暖了。一个心中有爱的人，做什么都有干劲。自那以后，龙先兰决心认认真真过日子。

可一没钱二没技术的龙先兰能干什么呢？龙先兰找到了大哥龙秀林。两人思来想去，最后把目光盯在了山里。十八洞植被茂密、野花遍地，山上野蜂飞舞。"可以养蜂啊！"龙先兰突发奇想。

在县里农校培训后，龙秀林到农村商业银行帮龙先兰协调了五万元小额信贷作为启动资金。就这样，龙先兰抱着蜂箱上了山，他先试着养了四箱野蜂，情况竟然很不错。那以后，龙先兰一头钻进了养野蜂的事情里。

2015年年底，通过相亲会，龙先兰和吴满金认识之后，故事开出了希望之花。

郎有情，妹有意。相亲会后，龙先兰和吴满金处起了对象。

曾经的醉汉龙先兰不善言谈，遇到自己心仪的吴满金之后，他的柔情写在了脸上，写在了行动中。可是，龙先兰不敢带吴满金回家。

直到相处一个月后，吴满金提出想到他家看看，龙先兰才支支吾吾地说："我家条件不好，就我一个人。"

吴满金当然知道龙先兰的情况，便安慰说："没关系，我就是去看看。"

龙先兰觉得再推托下去也不是办法，便硬着头皮将吴满金领回了家。

刚进屋，一股霉味扑面而来。当时正下着雨，龙先兰家的房子漏雨，抬头从烂瓦的缝隙里看得到天，地上一片潮湿。房子并不小，房间也不少，可吴满金说，里面乱七八糟，房间里堆满了稻草，像猪圈一样，虽然她已经做好了心理准备，可没想到比她想象的还糟糕。

龙先兰就在堂屋后面打了个地铺。可以想象，在这样一个没有温暖、没有亲人、没有女人的房子里，关着龙先兰多少个醉醺醺的、孤独的、无望的日夜。

吴满金看着眼前的一幕，瞠目结舌，许久没有出声。

这个房子，据龙先兰说，已经建了30年了，爸爸去世、妹妹去世、妈妈改嫁之后，龙先兰一个人守着它，完全没心思打理。房子不小，环境也不错，只是疏于打理，让这栋房子看起来又乱又脏。

龙先兰开口说话了："家里情况，你也看到了，条件很不好。但是，我……我会对你好的，你放心。我们现在都年轻，有你陪着，我会努力，我相信我们会发展好的。"

此时的龙先兰，头低得很下，仿佛在等待一场生死攸关的判决。

吴满金看了看龙先兰，又看了看房子，抿了抿嘴，抓住了龙先兰的手："先兰，我相信你。"

龙先兰如释重负，一把抱起吴满金，两行激动的泪水打湿了这个苗家硬汉子的脸。

那之后，龙先兰和吴满金两个人开始规划之后的日子。吴满金来到了十八洞村，村里游客多，农家乐忙得不可开交，龙先兰就带着吴满金来到了施全友家的巧媳妇农家乐，在施全友家帮起了工。日子虽艰辛，却在收获中有滋有味。

龙先兰则一边打着零工一边养蜂。

龙先兰的蜂蜜丰收，赚了五万多元，这是他从来没有见过的大钱，他很兴奋，也很自信。带着这份自信，他自己去吴满金家提亲了。当吴满金第一次将龙先兰带回家，并跟父母说她要跟龙先兰结婚时，母亲一口回绝了。她把女儿拉到一旁，脸色铁青地说："我坚决不同意这门亲事。龙先兰是谁？十八洞村有名的醉汉，你不是不知道，你能跟这样的男人过下半辈子吗？"

吴满金的母亲就是从十八洞嫁出去的，娘家村里的事她清清楚楚，曾经的龙先兰，她也清清楚楚。他们不相信龙先兰这么快就改头换面了，坚决不允许吴满金跟着这么一个"醉汉"。

作为父母，唯愿女儿过得好，吴满金知道父母的好心。可是，她看着龙先兰在变化，她也相信龙先兰会变好，会给自己幸福生活。所以，在跟龙先兰结婚这件事情上，她跟父母据理力争。可父母脾气也硬，一时间，双方僵持了起来。

提亲碰壁，龙先兰受了蛮重的打击，又开始消沉下来。龙秀林鼓励他："兄弟啊，你一下子就变好，人家不相信。今年再努力一年，年底我和你嫂子帮你提亲去。"

龙先兰觉得龙秀林说得有道理，又重新振作了起来，将满腔热情投入到了养蜂之中。

一年相处下来，吴满金越来越觉得龙先兰踏实、肯干，更重要的是对自己好。从前因失去亲人，喝到哪里醉到哪里的龙先兰也彻底变了，他脸上有了笑容，话也多了，喝酒少了。若是有朋友聚在一起非要喝点酒，吴满金就炒点好菜，陪着他们一起喝，这样的酒，喝起来开心，喝起来痛快。

到了 2016 年年底，龙秀林带着老婆和龙先兰一起，又一次来到吴满金家提亲。

"叔、婶，你们二位放心，先兰是我弟，他已经不像以前了，他现在肯学肯干，蜜蜂也养得好。满金嫁给先兰会幸福的。"龙秀林拍着胸脯跟吴满金父母表态。

龙秀林是十八洞村大名鼎鼎的扶贫工作队长，看到龙秀林都这么说，吴满金的父母开始犹豫了。最终，在龙秀林的撮合下，吴满金的父母答应了这门亲事。

2016 年农历腊月二十五，十八洞村热热闹闹地放起了鞭炮。戴着金闪闪的头饰，穿着喜庆的红嫁衣，坐着红花轿，吴满金嫁到了龙先兰家。进门那一刻，身着苗服的龙先兰背着新娘吴满金笑得合不拢嘴。

年轻人唱歌跳舞，老人送来了祝福，龙先兰的伯母却捂着嘴哭了。

"兰娃呀，能看到你结婚，还娶了这么好的新娘子，我真是太高兴了，太高兴了。"伯母哽咽得说不出话。伯母是真的喜极而泣，那个曾经喝到哪里醉到哪里，赚一点钱就花光的侄儿，她本来以为他这辈子就这么过了，谁能想到他还会娶到美娇娘。

听着伯母的话，龙先兰的眼泪也夺眶而出。眼前的这一切幸福，他知道，自己得感谢精准扶贫，感谢工作队，感谢龙秀林。

也是在这天，龙秀林给龙先兰写了一副对联，作为结婚礼物。对联内容是："孤儿不孤，全村个个是亲人；贫穷不贫，苗寨

龙先兰脱贫又"脱单"，他和妻子吴满金的甜蜜事业——养蜂越做越大

处处见精神。"横批："爱的力量。"

婚礼上，龙先兰动情地说："几年前，我就是路边的一个醉汉；现在，我脱了贫，脱了单，有了一个完整的家，日子过得比蜜甜。"

吴满金的到来彻底将龙先兰的生活照亮。在这之后，龙先兰更勤快了，他不仅自己养蜂，还带着村里人成立了养蜂合作社，成了村里的致富带头人。

合作社的名字起初叫"十八洞村苗大姐蜜蜂养殖专业合作社"。后来有位作家来到龙先兰家，听了龙先兰、吴满金两个名字，突发奇想：你们这可是真正的"金兰之合"啊。这个词触动了龙先兰的心，不久之后，他将合作社的名字改了，改成了金兰十八洞蜜蜂养殖公司，而且注册了商标。

现在，龙先兰和吴满金他们放在山上的蜂箱有300多箱，每年立冬之时取一次蜜，150元一斤，这样的蜂蜜常常供不应求。

曾经的"刺头"龙先兰在村里当起了师傅，村上越来越多的人跟着他学养蜂。金兰十八洞蜜蜂养殖公司加盟农家也由一开始的6户扩展到了100多户。能带动村上的人一起致富，龙先兰开心了、自信了，蒙在心头的那些阴郁的过往渐渐被阳光照没了。

开朗热情的吴满金在村上人缘好，不久之后，被选为村妇女主任。当上妇女主任之后事情就更多了，要组织文艺队、搞拦门酒等，还要做一些接待工作。遇到不懂的事，初来乍到的吴满金会去找老妇女主任石顺莲请教，遇到大型一点的文艺活动，她也会找石顺莲商议，共同筹备。

随着蜂蜜事业越做越大，龙先兰和吴满金筹划着，想在龙秀林管理的农业园区建个基地。将来，他们想将蜂蜜与康养、与美容产品相结合，让更多的人加入进来，将"金兰土蜂蜜"的牌子越做越响。

从前母亲从十八洞嫁出去，如今女儿嫁了回来。吴满金希望，用自己的歌声和舞姿，把十八洞唱得更美、跳得更美。

野花烂漫，龙先兰和吴满金也像是两只勤劳的蜜蜂，在这大山深处辛勤地酿造着甜蜜的生活。

飞虫寨隆海东的故事跟龙先兰颇为相似。

打工快20年，隆海东还是个光棍。原因很现实：只读了初一就辍学的他只能做些苦力活，每个月工资也就 2000 多元。

23 岁那年，隆海东恋爱了，本以为能修成正果，但女方提出要在当地买房，高昂的房价让隆海东望尘莫及。

后来，隆海东又交了新朋友，可女孩子看过隆海东老家十八洞村的穷样子后，就再也没理他。人穷，家更穷，女孩子不愿嫁，这样的现状让隆海东越来越自卑。"不敢谈（恋爱）了，怕是要打一辈子光棍。"隆海东沮丧地说。

失去信心的隆海东破罐子破摔。他学会了抽烟，浮皮潦草地混日子，有一搭没一搭地打着工，不想存钱也存不住钱。他甚至在网上学会了一个时髦的词，说自己是"食草男"。

"食草男"不是说穷到吃草，而是说他们的性格与温顺的食草动物相似；说得直白点，就是自卑、退缩，不敢为自己争取幸福。

然而，隆海东本性并非如此。当得知家乡十八洞发生天翻地覆的变化时，隆海东也自知机会来了，他抖擞起精神，勤奋起来，他希望在这大好的发展前景面前自己也能有好收获。

隆海东的变化为他迎来了好运气。2017 年初夏，已经 35 岁的隆海东在村里介绍相亲的微信群中，认识了在吉首打工的同乡女子石梅芳。第二年腊月，他们俩就结婚了。

当被问及为何最终会选择跟隆海东结婚时，石梅芳的脸上泛开了红晕："也没啥，就因为一袋蜂蛹吧！"石梅芳怪不好意思地说。

原来，2017 年国庆节，在长沙打工的隆海东回家，在微信朋

十八洞村的苗族婚礼热闹喜庆，充满民族特色

友圈里发了一张采野蜂蜜的照片。石梅芳在朋友圈里回了一句："帮我采点蜂蛹嘛。"蜂蛹是湘西人很喜欢吃的一道美食，油炸后又香又脆，象征着丰裕喜乐的生活。

看了石梅芳的留言，隆海东没有多说啥，直接背着篓子出了门。假期几天里，他翻山越岭，被野蜂蜇得手都肿了，为石梅芳取得一小袋蜂蛹。

回长沙前，隆海东把蜂蛹交给了石梅芳，啥也没说就走了。就是在那一刻，石梅芳觉得"就是他了"，眼前这个男人靠得住。

求婚时，隆海东老老实实地告诉石梅芳，自家没开农家乐，在十八洞村里算是比较穷的。自己不光要奉养年近七十的老娘，还要照顾哥哥家的三个孩子。

可石梅芳不在乎，她觉得隆海东对自己好，勤快，踏实，一切都会好。冬天快到了，石梅芳一针一线为隆海东做了两双鞋垫和一双毛拖鞋，当作定情信物，意味着"接下来的路我们一起走"。

结婚后，石梅芳生了个女儿。隆海东没再出去打工，他要留在家里照顾妻子和女儿，他对人生也有了新的规划。他把家里的土地都种上了猕猴桃。空闲时候，在附近的村寨帮人建房、安装门窗、搞电焊。刚回家的头一个月，隆海东外出做工 17 天，每天 180 元，挣了 3000 多元。

2019 年 4 月，扶贫工作队来到隆海东家走访，建议小两口到厂里工作。但由于孩子还太小，两人考虑再照顾孩子两年：一个人在家里做点小生意，另一个进厂就业。

"以后嘛，反正就是努力赚钱，好好干。"隆海东望着妻子和女儿，坚定地说。

正如播下种子会萌发出一季的收获，精准扶贫春风送来的希望，让十八洞人心中绽放出更多希望；这些曾经孤单的苗汉子用自己的双手把握住幸福，而且正在十八洞酿造出更多幸福。

龙先兰、隆海东只是这些幸运"光棍"的缩影，短短三四年间，这个不足千人的小山村有30多名大龄青年像他们一样成功"脱单"，组建了新的家庭。

相亲会上越唱越甜的苗歌，农家院坪里一场接一场的喜宴，还有越来越多的孩子，让十八洞人幸福得像花儿一样。

农　家　乐

如今的十八洞村，外地媳妇、本村姑娘把家安在村里，优秀青年将"业"扎在村里，企业家将厂建在村里，十八洞成了安居乐业的好地方。曾经的单身苗汉子，娶回了勤劳的俏媳妇。媳妇们带来了家的温暖和欢乐，也助推了十八洞的发展与腾飞。

"精准扶贫如春风，苗寨如今大不同。"梨子寨里，当年习近平总书记与十八洞村民围坐交谈的"巧媳妇"农家乐的院坪里，村民们载歌载舞，远道而来的游客沉浸在一片欢声笑语中。

欢歌背后，离不开勤劳能干、善于思考的十八洞人。就好比种田，田土再肥、种子再好，也要自己勤劳耕作，才会有秋日里的累累硕果。发展的条件再好、政策再给力，还得自己找准方向实干加巧干。十八洞的村民们根据自身的情况，精准探索脱贫之道。

归去来今只是开始，回到家乡谁都不想吃闲饭。几乎所有人都做了创业的打算，梨子寨里农家乐"幸福人家"的老板杨超文就是其中之一。在习近平总书记到过的梨子寨，他第一个回乡，办起了农家乐。

但是，要做点事从来不容易。关于创业，杨超文感触颇多。

2013 年 11 月，在外打工快 20 年的杨超文，在电视上看到习近平总书记考察家乡十八洞的新闻，当即从浙江辞工回家，先是养鸡，亏了本。正当他一筹莫展时，叔叔杨东仕来了。

　　"你干脆到叔这里来开农家乐。"杨东仕把他喊到家里，促膝谈话。杨东仕发现，自从习近平总书记来到十八洞村以后，自从十八洞村搞建设以来，到村里来的游客逐渐多了起来。可十八洞山高路远，有些游客想吃饭却根本找不到合适的地方。自家侄儿在外地打工，来来回回，也没赚到多少钱，两口子还老吵架。杨东仕就想，要是侄儿在家里开农家乐，能赚到钱，他们两口子就不会闹矛盾了。"家和万事兴嘛，我希望用这种方式来成全他。到我家来开农家乐，我不收租金，什么都不要他的，只要他们家能和和睦睦，我就满足了。"几年后再回忆这件事时，杨东仕对我们娓娓道来。

　　听了杨东仕的建议，杨超文点点头，其实，他也正有此意。2014 年年初，在同村其他人出去打工的时候，他没有跟着一起出去。他借了叔叔杨东仕的房子开始倒腾起了十八洞村的第二家农家乐。

　　十八洞村游人如织，叔叔杨东仕家的小院又在游客必经的线路上。一开始，杨超文心想开农家乐还不简单，只要收拾桌椅板凳，学做几个菜就可以坐等生意上门了。

　　可真到了实践阶段，他才发现，开农家乐比想象中要难多了。那时的十八洞，梨子寨的参观线路只要半小时就能走完，大巴在村里的前坪等着，没有多少游客打算在此歇脚吃饭。而那时的杨超文，放不下面子揽客吆喝，烧不好整桌饭菜，也算不清每天该买多少菜。

等客上门的杨家农家乐，头一星期只做了一单生意，收入不到百元，买来的菜都烂在厨房里。"不是挂个招牌就能当老板，只会做饭也不算真厨师。"一个多月后，沮丧的杨超文关掉了农家乐。

养鸡亏了，开农家乐又亏了，杨超文背上了一笔不大不小的债。这下，还在浙江打工的老婆龙琴妹不干了，逼着杨超文继续外出打工，不然就离婚。为了安抚妻子，杨超文再次去浙江打工。

不能怪老婆见识短浅，杨超文说，一家人已在浙江安顿下来，自己在厂里已经当上了小组长，老婆、孩子也都适应了城市生活。那两年间，杨超文时而外出打工，时而回村干活，"来来回回"了好几次。

不只是杨超文，那两年，十八洞村里的建设和项目进行得热火朝天，可村民们还没看到"收成"。带着希望与失望交织的情绪，一些年轻人重新踏上了打工路。

这样来来回回两年后，杨超文还是扛不住"回家的诱惑"，最后下定决心，再一次回村。

不是自己觉悟有多高，杨超文坦陈，那时自己认定十八洞村会迎来新发展，虽然一时不清楚具体会发生什么、自己能干什么，但杨超文怎么也不舍得放弃这个机会，"想自己搞，不想一辈子都给老板打工"。

2016年，在叔父杨东仕和扶贫工作队的帮助下，杨超文又一次办起了农家乐，名字叫"幸福人家"。店名是叔父杨东仕取的，寓意习近平总书记到访过的苗寨人家，家家都是"幸福人家"。

这一回，杨超文学精了。他不忙着开店，而是先学本事：从本村到外地，他上门观察别人家的农家乐怎么开门迎客；为了做好饭，杨超文苦学了当地的几道苗家特色菜；为了和游客有话聊，他还重新学唱苗歌打起苗鼓，背熟了村里各处景点的导游词。

杨超文肯吃苦又聪明，冬天烧火塘，夏天泡凉茶，堂屋里干净整洁，饭菜更是做得地道味好。客人上门，他打鼓迎客；客人吃完，他逐一询问对饭菜的意见。为了揽客，他加微信发朋友圈，甚至专门剃了个"十八洞发型"——后脑勺上留着"十八洞"三个大字，逢人展示。即便客人路过不吃饭，他也照样上茶、聊天、打鼓，"图个人气旺"。

每天，杨超文都将农家乐的经营状况通过微信发给妻子，慢慢做她的思想工作。"幸福人家"开张五个月后，妻子终于带着孩子回到了十八洞村，夫妻俩和好如初。

"现在不担心了，一家人一起努力，把农家乐办好。"杨超文的妻子插上了话。午饭时分快到了，她换了鲜艳的苗族服装，准备和丈夫一起敲苗鼓唱苗歌迎客。

游步道、观景台、党员宣誓点、义务导游全程讲解……随着十八洞旅游业逐步发展，路过"幸福人家"的参观者也越来越多，脚步越来越慢。游客经过杨超文开的"幸福人家"，看到门前摆动的苗鼓，听到悠扬的苗歌，闻到院内苗菜的香味，总忍不住进来坐坐。"幸福人家"的生意迅速火爆起来，午餐时段还经常要等位。

指着院门上的"幸福人家"牌匾，杨超文说这可不是揽客的讨巧说词，而是实实在在的"幸福人家"。

随着"幸福人家农家乐"越来越红火，杨超文萌生了更大的"野心"。

2019年初，杨超文的农家乐分店——"感党恩农家乐"，正式对外营业。

杨超文的家在竹子寨。为了带动邻里街坊发展，经过两年多的摸索后，他在自己家中开起了农家乐分店。从"幸福人家农家乐"走路到开在竹子寨的"感党恩农家乐"，要20多分钟。相对"幸福人家农家乐"，"感党恩农家乐"要大三分之一。这家开在竹子寨的农家乐分店生意并不比开在梨子寨的差，生意好的时

杨超文开办的"感党恩农家乐"

候，杨超文他们一个中午接待了300多人。

"我们很感谢党，没有党的政策就没有我们现在的幸福生活。"被问及为何取名叫"感党恩"时，杨超文如是说。

店子多了如何管理？杨超文想到的办法是充分调动亲戚朋友的积极性。外甥和侄子一起负责竹子寨的"感党恩农家乐"，总店"幸福人家农家乐"由妻子龙琴妹负责，杨超文自己则两边跑。

"感党恩农家乐"不仅承袭了总店的所有成功经验，杨超文还为它增添了一些新的元素。杨超文知道，游客到十八洞村，很多对苗家文化、苗家习俗感兴趣。于是，只要游客有需要，篝火晚会、拦门酒、长桌宴等极具苗家特色的餐饮互动活动，他都承办。渐渐地，农家乐的生意越来越好。

游客多了，农家乐的带动作用就超乎想象。杨超文脑子灵光，现在，凭借自家农家乐的引流作用，他又带动杨明当等邻居开起了民宿。

看事容易做事难，小饭桌有大学问。"这几年最大收获是明白了生意没那么容易做。"杨超文若有所思，接着说，"我的生意经就是，人要淳朴，要多为他人着想。"

在杨超文的农家乐开得红红火火的同时，十八洞村的农家乐已经遍地开花。要说十八洞村最红火的农家乐，"精准坪饭庄"可算一家！

梨子寨里施成富家的院子，一到饭点总是挤满了客人。习近平总书记到访过的这座苗家小院，如今开起了村里最红火的农家乐之一——精准坪饭庄。为什么叫"精准坪"？顾名思义，饭庄

游客在十八洞精准扶贫广场参观

十八洞农家院里展示的打糍粑等民俗活动

就开在大名鼎鼎的精准扶贫广场边上，饭庄的主人叫施全友。

作为游客的必到打卡点，精准坪饭庄的生意向来红火。主打自家菜、土腊肉、稻花鱼等苗家特色菜，饭菜不够可以随时加。为了扩大游客容量，精准坪饭庄还在院坪里修起了苗族特色的凉亭、荷塘和观景台，供客人等餐时看山、赏景、拍照。

精准坪饭庄在堂屋显眼处摆着大型消毒柜。

也许是因为曾长期缺衣少食，这里的苗族同胞有个外人难以接受的习俗：这一餐用过的碗筷一定要留到下一餐开饭时再洗刷，寓意餐餐有余，丰裕富足。直到早几年，附近乡镇的小饭馆，还常常是等来客人才洗碗。客人用着湿漉漉油腻腻的碗，心里难免不舒服。

那为什么要把消毒柜放堂屋？这是让客人一进来就看到就放心。而且山区天气湿冷，消毒柜里取出的碗碟温暖干燥，能让客人用着更舒心……施全友说，精准坪的生意经其实就一个词，叫"客户体验"。

以前在施家院坪里拍过照就走的参观者现在大多选择留下来吃个饭，还有很多人发朋友圈推荐。不到半年时间，施家小店就被捧成了"十八洞网红"。

如今，精准坪饭庄的生意很红火。曾经的贫困光棍施全友也早已"脱单"脱贫，还买起了小轿车。为了铭记国家和共产党对自己的帮扶，在买小轿车的时候，施全友特意挑了"红旗牌"，他想让红旗永远飘扬在自己内心深处。

我们在精准坪饭庄吃过中饭。当日，我们站在厨房门口，正

巧碰到龙德成老人揭开木桶盖装饭，饭上蒸着大小不一的窝窝头和馒头包子。龙德成老人递给我们筷子，指着饭上的馒头窝窝，跟我说着苗语。虽然听不懂，但看着老人焦急的样子，我们大约明白，她要我们赶紧尝一尝。恭敬不如从命，我们挑起一个自己从未吃过的小包子放进嘴里。老人期待地望着我们，仿佛在问我们：好吃吗？我们连连点头：好吃好吃。老人应当是听懂了我们的话，满意地端着饭朝里屋走去了。

当日施全友并没有在家，在厨房里忙活的几个伙计应是他家的亲戚。伙计告诉我们，旁边寨子做喜事，施全友帮忙去了，估计要忙活一天。我们问农家乐怎么收费的，扶贫干部告诉我们，收费有 30、40、50 元每人的标准，按人头算，管饱。

我们很期待这顿高寒山区的农家饭，等了 20 多分钟之后，我们如愿以偿了。桌上多是些家常菜，也有大菜如土鹅和鱼，菜式虽没有大餐馆精致，却吃得出农家的朴实味道，那种味道是亲切的。

我们到得比较早，一开始并没有看到别的客人，我们担心这样的下雨天不会有生意。等我们吃完饭出来，眼前的场景证明我们完全是杞人忧天。在大厅里，在亭子里，已经坐了好几桌客人，热热闹闹地，好似哪家办酒席一般。湘西州扶贫办工会主席唐其昭因扶贫工作，没少来十八洞，他得意地与我们说："我说了吧，风也好，雨也好，什么都挡不住大家来十八洞的热情。"

原来，自从十八洞建设开发以来，每天来十八洞的人可真不少，考察的，旅游的，络绎不绝。时至中午，十八洞的游客越来越多，精准坪饭庄也已是座无虚席。

随着来此旅游、学习的人越来越多，农家乐的生意也越来越好。如今，十八洞村民们因地制宜、因家制宜，让农家乐遍地开花，结出了硕果。望着穿梭的人群，我们感慨，十八洞村村民现在的日子可真像墙上挂着的苞谷那般朴实又丰盈。

苗　绣　娘

　　十八洞村有些农家乐的堂屋里陈列着精美的苗绣，包括苗服披巾、抱枕甚至 iPad 包等，引得客人纷纷拍照、询价。这些苗绣，都是村里的老支书石顺莲带着苗家女人们一针一线绣出来的。

　　山一针，水一针，花一针，果一针……苗绣是湘西苗族最为古老的风物，它色彩艳丽、图样欢快、对比鲜明。就算在那些曾经贫寒黯淡的日子里，青布绣衣、姑娘们的花带、娃娃们的鞋帽肚兜……明快艳丽的苗绣也像太阳一样照亮着、温暖着苗家妇女们的心。

　　很少有人快 70 岁了还筹划着事业，石顺莲是个例外。

　　"别叫我老支书，叫我'苗绣娘'。"任何时候，老支书石顺莲都不忘推广十八洞的苗绣。说这话时，石顺莲正在绣一幅二尺见方的高铁动车绣。这是中车株洲电力机车有限公司（以下简称"中车公司"）的订单，其内容是为每一组出口的高铁动车，绣制一幅苗绣作为商务礼品。

　　苗绣不是个轻松的活，费眼、费神，要有耐心，更要心灵手巧。石顺莲手上的这幅高铁苗绣，绣了小半月才完成一半，"一

在家就能赚钱，绣娘们的巧手让人赞叹不已

天能绣三指头宽"。虽然单幅就定价 5000 元，但其费工比在衣服、包裹上绣个花带或者在插边上绣朵花多多了。

"以前的苗寨，姑娘媳妇们一辈子都在绣。"石顺莲说，"姑娘们出嫁前要置办嫁妆，就像现在城里人买房攒首付。"

一到成年，就算还没找到心仪的小伙子，苗寨的姑娘们也会悄悄攒钱，织布、买丝线。等找到如意情郎，要谈婚论嫁了，一般要多等一年才能结婚。这一年里，姑娘们要和母亲一起天天熬夜，衣服、头帕、被单、幔帐样样都要置办齐全，绣面上的蝴蝶代表妈妈，花草代表家园……美好愿景全靠姑娘们一针针绣出来。

结婚后也放不下绣花针，怀着娃娃的时候开始绣孩子的裹巾、衣物、鞋袜。小姑快出嫁时要帮着绣嫁妆，等女儿快长大了又要绣。一辈子白天劳作，晚上绣花，日子就这样过去了……

改革开放后，风气渐开，十八洞人往外走，往外看。不愿留在寨里受穷的姑娘后生们，谁还穿苗绣衣。

以前十八洞真苦啊，石顺莲说，村里人穷，大龄妇女尤其穷。

1997年当选村支书后，石顺莲铆足了劲想带村民脱贫。但面对这里抬头是山、低头是沟，人均不过八分地的现实，她只能努力做到让村里不出现有人去逃荒讨米的情况。

2014年，石顺莲年满60，60岁就要退休了，石顺莲主动提交了退休申请，内心却五味杂陈。"我的文化水平只有那么高，不退不符合政策，但是我已经做习惯了，还想为村上做点事。当支书的时候天天起早贪黑，走习惯了，退下来不做了，感觉好像丢了什么。"石顺莲说到当时的心情，语气依旧有些低沉。

"好像丢了什么"的石顺莲退休了，却没停歇。她带头办起了十八洞村苗绣合作社，发动村里的大龄妇女在农闲时制作苗绣和手工艺品。

村里最难赚到钱的往往是外婆级的大龄农妇，家务事多，打工不能，创业不敢，种田养猪又比不过男人，只能在家带孙做饭。怎样帮"苗外婆"和留守妇女们找个事做，让她们赚钱打理家事两不误？石顺莲苦思冥想，最终想到了苗绣。

合作社成立之初，掌声不多，泼冷水的不少。

村里的男人们一脸狐疑："祖祖辈辈种田吃饭，织布穿衣，没见媳妇绣个花也能卖上钱！"

不只男人们不相信，就连苗绣娘们也有些怀疑，一开始来参加培训，只是抱着好玩的心态，并不认为真的能赚上钱。

　　有人好心好意提醒石顺莲："你年龄这么大了，你家条件也不比谁家差，在家好好带孙子得了，还整这些干吗？"

　　石顺莲回答："当支书这么久，我就一个愿望，希望村民能够脱贫致富。可一直以来，我都没能实现这个愿望。现在，上面领导也支持做苗绣产业，大家也都信任我，虽然年龄大了，但我还是想尽一份力，把十八洞的苗绣产业搞上去，帮助大伙发家致富。"

　　外人的说道，石顺莲可以做通工作，可关键是自己的一儿一女一开始也不赞同她搞合作社，孩子们说："您当支书这么久，退休了就休息了嘛，还搞这个干吗？"

　　石顺莲苦口婆心地解释："苗绣代表着苗族的工匠精神，我搞这个不是为了赚钱，只是想把这工匠精神一代代传下去，希望下一代比我们这一代的手艺做得更好。苗绣，不能失传。"

　　就这样，石顺莲把十八洞村苗绣合作社办起来了。

　　通过花垣县妇联的"牵线搭桥"，合作社直接与各家公司对接订单和制作事宜。为了让苗绣技艺更加精湛，石顺莲决定请苗绣专家对十八洞的妇女们进行苗绣技艺培训，村里的"绣娘"们纷纷重拾绣花针。

　　石顺莲的家里成了苗绣车间和教室，三间房布置成了苗绣工坊。走进她家，就像走进苗绣展厅，墙上挂着苗绣的介绍，最右边的房间陈列展示着各种苗绣制品，有提包、衣服、鞋垫、抱枕、花边等，种类丰富，琳琅满目。

作为一种传统文化，苗绣承载着湘西的千古文明。可现在毕竟是新时代，传统的苗绣如何与当下的流行相结合？这是石顺莲她们这些老绣娘遇到的一个难题。

所幸的是，扶贫工作队看到了这个问题，花垣县妇联也看到了这个问题，他们帮十八洞村，帮石顺莲她们引来了源源活水。这个活水便是从十八洞以外的地方请来了龙银香和石玉香这样的苗绣老师，给十八洞的苗绣娘们作培训。

老师在黑板上画好了图案，又亲自示范如何走针，苗绣娘们跟着学。一时间，十八洞村和附近村的女人们闻讯都来学习，一个培训班竟然汇集了将近 200 个苗绣娘。

从 2013 年底到 2016 年，两年多的培训，有些世代没走出过十八洞的苗绣娘学到了新知识。原来将花、鸟、鱼、蝴蝶等传统图案绣得栩栩如生的苗绣娘们，针下渐渐有了一些新的元素。

在培训结束的时候，老师会对每位苗绣娘的作品进行评估和验收，及格的苗绣娘会收获毕业证。这张毕业证就是进入石顺莲所掌管的苗绣就业工坊的通行证。

后来，十八洞村苗绣合作社又联合中车公司、湖南工业大学、花垣县人民政府，四家共同创建了"苗绣国家非遗扶贫就业工坊"。经过村民投票，石顺莲成了就业工坊的负责人。

中车公司的订单是石顺莲她们接到的最大的单子。中车公司每年给石顺莲她们 10 万块钱的绣品订单。作为"大管家"，石顺莲要精打细算地筹划这 10 万块钱怎么花，买针线，买布料，水电人工费用都得算进去，最终，就业工坊要输出让客户满意的苗绣工艺品。

接了中车公司的订单之后，十八洞的苗绣就业工坊每年9月份左右就开始忙活起来了，一直到年前，都是苗绣娘们的忙碌时间。10多个常年在就业工坊干活的苗绣娘大多是50多岁的苗家大娘，平日里，她们在家里收拾家务琐碎，到了就业工坊忙碌期，她们就来"朝八晚五"地上班。

石顺莲眼神不好，她就戴着老花镜绣。本来，石顺莲是可以不绣的，可绣娘吴英花的一番话让她下定决心要跟苗绣娘们一起绣。吴英花说："石书记，您年龄比我们大，还能带着我们一起绣，我们真是干劲十足。"

苗绣娘用勤劳的双手绣出了"美丽经济"，绣出了幸福生活　　　（摄影：龙艾青）

原来，石顺莲不绣绣品的时候，苗绣娘们偶尔会分心，而石顺莲一起绣的话，对大家来讲，有一种鼓舞的作用。

"所以，我会一直绣，我希望大家都用心绣，直到绣到戴老花镜都看不见了，我就不绣了。"石顺莲爽朗地跟我们说。

2019年一年，石顺莲她们交了40多幅绣品给中车公司。

石顺莲把绣品拿给我们看，我们仔细端详了两幅。这两幅苗绣都以大红色打底，在绣面中间，是一个精致的高铁火车头，火车头上方，绣着一个端正的"车"字。而在车头的上面和下面，是用红色、黄色、绿色等丝线绣成的祥云，云朵线条柔美，端庄大气，祥和之气从那一针一线中显露出来。我们观察到，在这两幅绣品中，都有一个同样的内容，那就是一只鸟，鸟像凤凰又不是凤凰，彩色的羽毛和尾巴，姿态和神采各不相同，比画中的鸟更活灵活现。

"这只鸟是什么寓意？"我们问石顺莲。

石顺莲嘿嘿一笑："这只鸟是我们苗族的吉祥物，叫报春鸟，寓意着春天来了，到处充满了生机和活力。"

难怪，我们看到，各种各样的报春鸟时常"活跃"在各种绣品上。

火车头的绣品自然也不是每个绣娘都会绣，更不是一个人可以完成。从接到订单开始，石顺莲就忙活开了。她将绣娘们召集到一起，要大家一起出谋划策。

"这个火车头，大伙说说该怎么绣。"石顺莲抛出了话题。

"车是必须绣的。"有绣娘说。

"可是绣整个高铁不太现实，绣个车头应该就能代表高铁。"有绣娘补充。

"除此之外，还应该有鸟。"有绣娘建议。

"有鸟就要有云，我希望我们的苗绣搭上中国高铁走出大山，沿着'一带一路'走向全世界。"石顺莲说。

……

大家你一言我一语，最终集合了众多苗绣娘的智慧，才勾画出了现在我们所看到的中车苗绣图。

构图只是一方面，苗绣针法也是很有讲究的——苗绣的博大精深或许就在那一针一线的工艺里。

订制苗绣的单子一多，石顺莲她们就忙得不可开交了。我们本以为，苗绣娘们是自己有空的时候去做点活。石顺莲一本正经地说：那可不行，接了人家的事，就要先把事做好，不能砸了苗绣的牌子。

活多的时候，早上八点，苗绣娘们就准时赶到就业工坊上班，下午五点才下班。这样满满当当一天，苗绣娘们在家门口就可以得到 150 元一天的补助。有时候，就一幅苗绣该怎么绣、怎么配色，苗绣娘们要一起研究半晌。

夏天，穿堂而过的山风带着丝丝凉意拂面而来，消去燥热的暑气。冬天，苗绣娘们围靠在暖融融的火炉旁，边绣苗绣，边话家常。

苗绣也如这山水清风一样自然，从祖辈传承而来，从小就刻印在苗族姑娘的生活里。

石顺莲说："我的苗绣是跟我妈妈学的，妈妈又是跟外婆学的。我们很多苗族姑娘从小就学苗绣。改革开放以前，我们的衣服都是自己手工做的。像我们这样年龄的女人们都会绣。我希望这种工匠精神能够传承下去。"

我们拿起一幅绣着花坛和花，还有两只蝴蝶的苗绣问石顺莲，这有什么深意？

石顺莲打开了话匣子："苗绣和苗歌、苗鼓一样，代表着我们苗族的历史文化。苗族人绣这些图案都是有讲究的。春天到了，鸟叫了，花就开了，报春鸟是我们苗族的吉祥物。你们刚刚看到的这幅绣品，蝴蝶代表妈妈，花草代表儿女，花坛代表大地，寓意着妈妈呵护着儿女在大地上茁壮成长。还有一些经常会出现在苗绣中的动物意象。比如鱼，代表年年有余；麒麟送子，用来送新婚夫妻……"

听了石顺莲大娘的描述，我们才恍然大悟。原来在我们看来再普通寻常不过的一幅幅苗绣，寓意着这么多深刻的内容。

绣一幅精致的绣品，石顺莲她们常常要花大半个月。这也是手工绣和机绣最大的不同之处。石顺莲接着告诉我们，手工绣一个钟头绣不了几根线，每一针都有讲究，都有特色。较之机绣，立体感也更强。

绣娘们有活做，赚了钱，积极性空前高涨。石文祖、杨五香等巧绣娘纷纷拿起了绣花针。杨巧珍、吴英花等10多名常年在外打工的村民，纷纷返乡加入了合作社……

石顺莲身旁，梨子寨的龙拔二正端着绣绷，绣着一块一尺大的报春鸟图样。"闲了就绣，多一份收入。"龙拔二和女儿杨珍寿都绣得一手好苗绣，绣出的吉祥图样被做成苗服披巾、抱枕甚至iPad 包，在旅游商店和网店里热销。

我们见到石顺莲时，正是细雨纷飞，绕在峡谷中的雾气聚了又散，散了又聚。住在坡上的石顺莲家，不论风霜雪雨，总有十几位苗族妇女飞针走线，热热闹闹。

以后，年轻的姑娘们会继续拿起绣花针吗？想到这些，石顺莲就忍不住看了看隆苗。

隆苗是石顺莲的孙女，也是村里最小的绣娘，不到 13 岁就能独立完成绣件了，卖出过好几幅作品。

现在 14 岁上下的隆苗是石顺莲想要培养的苗绣工坊接班人。隆苗的父母像十八洞村很多外出的青年一样，生下隆苗不久就外出打工了。石顺莲一边忙着村上的事，一边培育着孙女。从隆苗12 岁开始，石顺莲就开始教孙女绣苗绣。隆苗问奶奶，为什么要绣苗绣？奶奶说："这是苗家女儿要掌握的本领，奶奶比你学得还早些。"就这样，隆苗跟着奶奶一针一线地绣了起来，小小年纪就已经能独立完成绣品了，这让不少人惊讶。

一日，媒体采访隆苗，问她最想绣什么。隆苗摸着脑袋瓜子想了想，不急不慢地回答："作为一个苗族姑娘，我要继承前辈的手工艺。我想绣两幅苗绣，绣一幅给奶奶，我是奶奶带大的，我的苗绣也是奶奶教的，我感谢奶奶。我还要绣一幅挂在家里，我是在这个家成长的，不能忘了家对我的养育之恩。"

这话是石顺莲告诉我们的，媒体记者采访完隆苗，便兴奋地跟她转述了孙女的原话，还竖起了大拇指：隆苗说得好着呢！听到这话时，石顺莲被感动了。她接着跟我们说："娃儿知道感恩，这是我最欣慰的。"

已经 66 岁的石顺莲寄托了更多的希望在隆苗身上，她说："隆苗现在上初中了，我先让她上学。边上学边学苗绣。等我老了，我希望她能来接管我们的苗绣合作社，并且做到更好。"

长大后是不是要接奶奶的班，隆苗自己也不知道。十八洞的孩子，三年级时就要自己走出山寨，或搭车或寄宿，去排碧学校念书。课本里、言语间，外面世界的精彩，正在他们眼前一点点展现开来。

未来像手中的绣线，五彩斑斓，有无限可能。隆苗记得，语文课本里有一篇课文——《通往广场的路不止一条》，从寨子通往世界的路也多着呢，她不着急选择。

无论如何，石顺莲还是相信，苗绣会有一个好未来。

针线在石顺莲指尖飞舞，一朵大红花长在了帕子上，老支书的脸上绽开了笑容，嘴一张，欢乐的苗歌飘荡在耳边：

总书记来十八洞，

精准扶贫送春风。

三年过去一转眼，

产业发展换新天。

从前围着锅碗转，

如今个个"俏绣娘"……

"180"民宿

　　充满希望的村庄，离不开能干的"巧媳妇"。她们不满足于在家相夫教子，都在努力寻找自己的事业与幸福。充满希望的村庄，也离不开敢拼搏、敢实践的男人，他们是家里的顶梁柱。

　　2020年，湖南卫视春节联欢晚会在十八洞设立了分会场，这可乐坏了十八洞村人。晚会还没开始，有个约莫四十岁的苗家汉子，提着一桶油漆，拿着铲子、刷子出了门。

　　在他家漂亮的吊脚楼民宿前，有一块"闻名遐迩"的石头，石头上，"精准扶贫"几个红字非常醒目。汉子走到石头前蹲下，拿起刷子，仔仔细细地给红字刷着漆。漆刷好了，他又拿起铲子，把石头周边的草收拾干净。

　　当一切收拾完毕，汉子站了起来，仔细瞧了瞧，欣慰地笑了。

　　这个苗家汉子叫杨振邦，他开的民宿位于十八洞村梨子寨，到十八洞村，就能看见这座令人眼前一亮的建筑，名字也很洋气，叫"十八洞阿雅民宿"。

　　事实上，这不是杨振邦第一次掏自己的钱、花自己的时间，做公家的事。你若问他为什么这么做，他会回答你："我是十八洞村的一名党员。"

很多人夸赞杨振邦："你的民宿建得不错啊，是十八洞村的一个地标。"

每每此时，杨振邦都会笑呵呵地说："这不是我的民宿，是在我们十八洞村所有老百姓的帮助下，一起做起来的民宿。"

那么，这个民宿到底有着怎样的故事？杨振邦又是个怎样的人？

故事，得从杨振邦的幼年开始说起。

1978年，杨振邦出生在十八洞村梨子寨一个贫穷的农家，在三兄弟中排行第二。

在这个贫穷的苗寨，早早辍学的孩子不在少数，不少家庭没有条件送孩子多上学。初中毕业后，杨振邦没再读书，他一心想帮家里减轻负担。可养猪挣不到钱，种地也赚不到钱，能干什么挣钱呢？看到朋友、邻居都出去打工，都说打工比种地好，杨振邦也背起背囊，准备外出打工。

可小小年纪的杨振邦哪里知道社会上也有险恶，初出茅庐，还没走出花垣县，第一笔车费就被人骗走了。

事情的经过是这样的：杨振邦想去广州打工，正好碰到几个自称是从广州那边过来招工的人，他们告诉杨振邦，坐上他们的车，可以直接送到广州入厂，只要先交车费就行。

还有这样的好事？杨振邦赶忙就把车费交了，爬上了车。可车还没开到吉首，司机就停了下来，对着杨振邦以及跟他一样急着去广州打工的人们说：突然接到通知，广州那边暂时入不了厂，你们先下车，回家去，等消息。

杨振邦跟着大部队半信半疑地下了车，车子一溜烟开走了，再也没了音讯，车费也打了水漂。

后来，当杨振邦真正步入社会，他才知道，这是个多么简单的哄骗伎俩，可当时，单纯的自己和单纯的村民们竟都相信了。

周周转转二十来年，后来，杨振邦又去了沈阳，在沈阳一家建筑公司待了八年。他开过搅拌机、升降机，凭着一股子单纯和善良，他获得了一致好评和肯定。可杨振邦不甘于此，他想学可以傍身的技术。后来，有人推荐他去学电工，勤快肯钻的杨振邦果断去了电工班——这个带有一定技术含量的活儿，他喜欢。

出门在外，靠着一身使不完的力气，一年到头其实也挣不到多少钱。可杨振邦是个懂事小伙子，家里春耕的时候，他会往家里邮一些钱，帮衬着家用，给父母买种子买肥料。遇到邻里亲戚有大喜事，他会往家里邮一些钱，给父母包红包走亲戚。

就这样，日复一日，年复一年。小伙子也在岁月的流逝中，渐渐变成了丈夫，变成了父亲。

2010 年，杨振邦转换了工作场地，跟着弟弟到了浙江。当时，弟弟杨振三在浙江宁波移动公司上班。

"哥，你想不想到移动公司？"兄弟俩聊天，弟弟问。

"当然想，但是，我能进得了移动公司吗？"哥哥担忧。

"应该能，你是资深电工，又肯学肯干。不试试怎么知道呢？"弟弟说。

就这样，杨振邦带着他的电工技术进入了宁波移动公司。进去之后，他的工作是对移动信号塔进行维护。这跟在工厂做工有很大的区别，铁塔设备维护是高危作业，而且还要向一些老百姓普及专业知识，比如解答信号塔会不会有辐射之类的问题。

杨振邦在做好信号塔维护的同时，努力学习专业知识。本来不太善于表达的农村小伙子，在不断学习和历练中，渐渐练就了能说会道的本事。而且，他不怕活脏活累，舍得加班，乐于奉献，这些为他赢得了发展机会，他当上了小组长。

再后来，公司开展党员学习活动。杨振邦第一时间跑到相关部门领取了表格，申请加入。他自豪地写道："我是党员，我申请参加。"

抬笔那一刻，他想起了自己入党的经历。

那是在2010年，来浙江之前，杨振邦成为一名光荣的中共党员，也是十八洞村为数不多的年轻党员之一。

而说起为何会入党，杨振邦想起了大伯杨五玉，想起了好哥们施金通。

早前，梨子寨的主干道经过杨振邦家门口。邻里乡亲早早晚晚赶着牛羊从路上过，免不得留下牛屎羊粪；散养在山上的鸡和鸭，也免不得随地大小便。杨振邦见不得路上脏乱差，每每看到，便会拿上铁锹扫把，把粪便铲走扫干净。

有小伙伴看不明白："振邦，这又不是你家地坪，操这份闲心做什么？"

"村头村尾村路是寨子的门面，一定要清扫干净。"杨振邦边低着头忙活边说。这样的清扫对杨振邦而言已然成了生活中的一个习惯，只要在家，他就看不得主干道上有牛屎羊粪以及其他垃圾。

杨振邦的一举一动，竹子村的老支书杨五玉看在眼里。

杨五玉是杨振邦的大伯，有一天，他来到杨振邦屋里，语重心长地说："振邦啊，你愿不愿意入党？"

杨振邦被杨五玉的话惊到了，忙问："大伯，怎么突然这么问？入党，我资历不够啊。"

杨五玉说："你是个好孩子，愿意为村里做事，这些我都看在眼里。"

"大伯，我不是为了入党才做那些事。"杨振邦连连解释。

"我不是那个意思，我觉得你这娃人品好。而且，现在村上党员多半年龄比较大，我们需要年轻人加入进来。"杨五玉拍着杨振邦的肩膀说。

杨振邦摸了摸脑袋，可入党的事，他想都不敢想，他只觉得自己还不够资格，便只是答应大伯杨五玉，说自己会好好考虑他说的话。

这一次，杨振邦没能下定决心写入党申请书，可入党这件事，却在他心中泛起了不一样的涟漪。

到了 2010 年，年轻的施金通来了。施金通跟杨振邦年龄相仿，兄弟俩说话就更直截了当。施金通开门见山地说："振邦，咱们父母年龄大了，像你这样能干的人应该要入党啊！"

大伯杨五玉这么说，好兄弟施金通也这么说，这一次，杨振邦的胆子大了，脊梁骨硬了，一口答应了下来："我听你的，马上就写入党申请书。"

就这样，在村上有口皆碑的杨振邦入党了。

入党之后，杨振邦时刻以党员身份为光荣，也时刻以党员标准要求自己以身作则，也因此，在宁波移动公司工作时，他能义无反顾地爬到高高的塔顶去换航标灯。

那是 2016 年，宁波庄桥机场的航标灯被雷电劈坏了，得马上换。可是信号塔有 50 米高，且长时间没人维护，拉线被严重腐蚀，爬上去太危险，这个活一直没人敢做。庄桥机场找到宁波市江北移动公司，请求支援。

下午，在外干活的杨振邦接到弟弟杨振三的电话，弟弟在电话里说，江北地区的领导打电话来了，问能不能上去帮忙，把航标灯修好。弟弟打算自己去，杨振邦立马制止："我是大哥，我去。"

就这样，杨振邦揽下了这个本来跟他无关的事情。信号塔要徒手爬上去，有着丰富维修经验的杨振邦倒是不怕。带好工具，他开始爬。可刚刚上到一半，塔突然有些晃动，两边的拉线似乎已经弱不禁风。杨振邦心头一紧，开始忐忑，是继续往上爬还是放弃？他思索了一会儿，脑子里闪过一个念头："人家着急，我一定要把这事做好，一定要争一口气。"

于是，杨振邦硬着头皮爬上去了，并且顺利将灯换好。

下到地面，庄桥机场负责人啧啧称赞，并要杨振邦把身份证给他，表示要给予报酬。

杨振邦连连摆手："你不用给我报酬，我今天就是来帮忙的。"

那人一脸讶异，问："小伙子，你是哪里人？"

杨振邦想了想，答道："我是花垣县人。"

那人直摇头，杨振邦又说是湘西州人，那人也表示不太清楚。最后，杨振邦只好说："我是十八洞村人。"

那人瞬时瞪大了双眼，激动地说："十八洞我知道，我要写一封表扬信寄到你们村上去。"

杨振邦又连连摆手："真的不用，我做这些不是为了得到表扬，这是我一个共产党员应该做的。"

就这样，杨振邦转身走了，什么也没带走。

后来，这个个子高高的苗家汉子带着同是十八洞村民的爱人施兰珍回到了十八洞，将满腔的热情洒在了家乡的土地上。

作出回家这个决定，杨振邦的心里一开始是纠结的。纠结的问题不是别的，主要是孩子的教育问题。

毕竟，作为他自己，小时候是在十八洞小学启蒙的，从学前班到二年级，学校只有一位老师。有些跟杨振邦一般大小的小伙伴，读了几年书就辍学了。即便是到了现在，杨振邦也知道，十八洞村的教育跟浙江这样的发达地区仍没法比。眼下，他有两个孩子，都在上学。在宁波的学校，大女儿读到了四年级，而且她勤奋好学，在班上当班长。眼看着一切发展良好，贸然回到十八洞村，会对孩子产生很大的影响吗？杨振邦纠结了。

除此之外，还有自己，在浙江上班八年，按照公司要求，上班 12 年就可以拿到退休金。杨振邦犹豫，要不要再坚持四年，等拿到退休金再说？

杨振邦很快打消了犹豫不决的念头，下定了决心回去。原因是，他觉得作为十八洞村的一个年轻人，作为十八洞村的一个党员，他必须回去。

"作为精准扶贫首倡地，全国的人都在关注十八洞村，有人到十八洞村学习，有人到十八洞村参观。我们年轻人，必须去担当起建设十八洞的使命。我们不去做，那要等谁去做？"时过境迁的今天，杨振邦回忆起当时的心路历程时如是说。作为土生土长的十八洞村人，他清楚地知道，父母辈受知识文化和见识的限制，有很多连普通话都不会说，更别谈和全国各地来十八洞村的人打交道。"父母可能有十块钱，只做一块钱的事；我们年轻人，有十块钱，可以做二十块钱的事。这就是观念的不一样。"杨振邦进一步解释。

就这样，杨振邦最终回到了十八洞，他紧锣密鼓地规划和实践着他的建设家乡之梦。

杨振邦选择的载体是民宿，可过程却并不容易。

梨子寨的每一户都是贫困户，杨振邦家也是。建民宿意味着要借钱，一开始，县里领导做不了主，或者说是并不同意他一个贫困户借钱建民宿。可杨振邦想做，民宿是他回来建设十八洞的关键一环。杨振邦想：民宿要建成苗家吊脚楼的模样，既把苗家原汁原味的传统文化保留下来，又把精准扶贫的文化融进去，让外地人走进他的民宿，就能看到苗家真正的模样，能学到精准扶贫的知识。这么想着，杨振邦就闷着头做起了规划图，建几个房间，建成什么样子，甚至房间叫什么名字，他都在心里琢磨透彻了。

县里做不了主，他就找州里。有一次，湘西州州委书记来到十八洞，杨振邦硬着头皮拿着规划图跑到书记面前，将自己的想法讲给书记听。书记听了，思索了一会儿，终于点头同意了。

拿到了这张"通行证"，杨振邦心里乐滋滋的。

可做民宿毕竟要花不少钱，杨振邦做好了欠一屁股债的打算。可令杨振邦没想到的是，当得知自己有建十八洞村特色民宿的想法时，家里的亲朋好友、街坊邻居都主动跟他说要来给他帮忙，白做工。这是质朴的苗家人的优良传统，互帮互助，历来如此。这么一来，杨振邦的民宿就在大家齐心合力下，按着他的预期顺利建好了。杨振邦掰着手指头数："帮忙的，总共有100多人吧。"

更令杨振邦感动的是，在民宿建成的那天，就连游客都来帮忙，为他加油鼓劲。

终于，这个苗族风情浓郁的十八洞民宿建成了。

2017年开建，2019年国庆节开业，中间经历了将近两年的时间。本来，杨振邦准备做八间房，考虑到吊脚楼隔音效果不好，后面又改成了只做四间。

四间房的名字也挺有意思，分别叫"精准扶贫""脱贫致富""自力更生""自强自立"。杨振邦还准备加一个更大一些的房间，名字他都想好了，就叫"乡村振兴"。

"那多少钱一个晚上呢？"我们好奇地问。

"180元。"杨振邦非常干脆地回答。

"代表'十八洞'？"

"没错，就是代表十八洞，不会因为节假日涨价，也一分钱都不能少。"杨振邦继续干脆利落地说。

我这才恍然大悟，杨振邦做民宿，应该有更深远的考虑。

杨振邦嘿嘿笑了起来："没错，我做民宿并不是纯粹为了赚钱，游客来到我家，我要把习近平总书记来到十八洞村的故事、老百姓精准脱贫的故事讲给他们听。我觉得习近平总书记来到十八洞，提出精准扶贫，带给我们更多的是精神的力量。游客来到十八洞村是来参观学习的，我要将这种精神力量传递出去。"

也有人数落杨振邦："这个人有毛病吧，村里有旅游公司，有讲解员，人家又不额外给你钱，你来操这份闲心？"

杨振邦说："我是十八洞村的一名党员，我义务讲解，不拿钱。"

原来，早前，有游客到十八洞，问杨振邦，村上可有住的地方？杨振邦把游客领到了一家新建的极具现代科技感的酒店，并对游客说：这里住着舒服，价格是 600 多元。

游客紧皱着眉头，问："寨子上有民宿吗？"

杨振邦立刻问道："您是不是嫌贵了？"

游客连连摆手，说："不是不是，跟价钱无关。我们来到十八洞村，就是想住在老百姓家里，跟老百姓唠唠嗑。"

杨振邦这才恍然大悟，或许，很多游客到十八洞，都希望住在原汁原味的苗族吊脚楼里，听一听发生在十八洞的精准扶贫故事。

于是，他下定决心，要建这么一个民宿。

现在，在自己的民宿里，为来十八洞村的人们讲解十八洞的故事，杨振邦乐此不疲。

杨振邦也清楚地知道，他是老板杨振邦，更是党员杨振邦。"一个党员，一面旗帜。"杨振邦说。

日子好了，民宿红火，车也买上了。十八洞交通不算方便，杨振邦就时常开着自己的车子，免费送游客到吉首去坐车。有人被感动得一塌糊涂，执意要给钱，可杨振邦不收。

"我觉得再苦再累都很高兴。人家大老远来到十八洞村不容易，我们自己吃点亏没啥。况且若是没有习近平总书记来到十八洞村，我们可能想吃亏都没机会呢！"杨振邦乐呵呵地说。

2020年初，疫情袭击武汉。面对前所未知、突如其来、来势汹汹的疫情天灾，中国果断打响疫情防控阻击的人民战争。还欠着一屁股债的杨振邦拿出了1500块钱捐给了抗疫一线。他说，欠钱归欠钱，该做的事还得做。物质上的东西不能左右了精神上的东西。

十八洞村很多人都有这样的想法，杨振邦说，梨子寨20多户，自发组织捐了14800多元，交由花垣县慈善总会捐到了武汉抗疫一线。

站在自家民宿前，杨振邦遥望远方，他诚恳地告诉我们，他感谢共产党，感谢各级领导，感谢全国各地所有关注十八洞的人。同时，他也坚信，脱贫致富奔小康的目标一定会实现。

天，渐渐暗了下来，十八洞村阿雅民宿的灯亮了。一条条金色的灯线将这个极具苗家特色的吊脚楼清晰地勾勒出来，火红的灯笼，雕花的窗户，美丽的心灵装饰着美丽的未来。

精准扶贫几年以来，十八洞变了样，十八洞的人也变了样。所谓"精准"，在十八洞，切切实实做到了精准到每家每户每个人。不全然是扶贫资金和政策的精准，更多的是在一片大好的发展态势下，人们的内生动力被激发出来了，各自探索出了一条条适合自己的康庄大道，而这，恰恰是人民安居乐业、村寨兴旺发达的希望所在。在十八洞村，我们看到了这样的希望。

如果将十八洞村的故事比作一份答卷，那么十八洞已经答完关于"脱贫"的上半卷，接下来，将迎来振兴的下半卷。

十八洞每个人的未来汇聚起来，就是十八洞村的未来，无数个十八洞的未来汇聚起来，就是乡村振兴的未来，新时代中国的未来。

第五章

走向世界的小村

> >

振兴的号角

在经历了第一阶段的攻坚、第二阶段的巩固后，到了 2018 年，早已脱贫的十八洞村的工作目标是——乡村振兴。

在十八洞村，"打造乡村振兴的样板"激发了乡亲们更大的干劲。置身十八洞村，找村民交流，了解他们眼里的未来，能够感受到这种来自山间田野里的希望。

作为"精准扶贫"重要论述的首倡地，十八洞村的故事见证着一个曾经贫穷落后的少数民族村寨的嬗变，见证着中国"2020 年所有贫困人口实现脱贫"的伟大实践。

中国是社会主义国家，走的是社会主义道路。采访中，作为十八洞村第二任扶贫工作队队长，石登高反复提到"集体经济"的重要性。他说："有村民因病返贫，村里的基础设施完善也需要很多资金。村集体经济起来了，不仅可以集中力量办大事，更可以让村民的生活环境得到改善。"

面对十八洞村未来将如何发展集体经济的追问，石登高曾如此设想：第一，合作医疗和养老保险由村集体代缴；第二，预留资金对特别贫困的村民进行再次帮扶，以免出现脱贫后再返贫的现象，以此来激发特困户持续脱贫的内在动力；第三，为发展产业作准备，使后继增长更具动力。

望着眼前的山山水水，石登高知道，自己既要带领十八洞村民巩固脱贫成效，又要思考十八洞村未来如何发展。时任村支书龙书伍也感到压力不小，为了让十八洞有更长足发展，向乡村振兴迈进，龙书伍不仅没有节假日，还常常大半夜仍在办公。

施进兰说，农旅结合在十八洞势在必行。发展到今天，十八洞的未来应该聚焦旅游和发展产业。

旅游自不必说，施进兰所在的花垣县十八洞旅游开发有限公司早已正式营运，并且，就将来的旅游发展，十八洞村已经作出了一系列规划。

那么，产业怎么发展呢？我们知道，十八洞村有大名鼎鼎的"飞地"果园，有山泉水厂。可这两个产业，对十八洞村民而言，用杨超文的话来说，只是拿分红而已，属于十八洞村村民自己的产业，还待进一步探索。

十八洞村的资源有什么？细究下来，十八洞村外出打工的年轻人多，留在家的多是老人和孩子。人均耕地很少，而且这很少的耕地也多在陡峭的山坡河谷中，青壮年劳动力不在，老人家耕不动地，也开不动山，于是，十八洞村出现了不少荒田荒土荒地。这些地，是十八洞村的宝贵资源，可有不少未被充分利用起来。

为此，扶贫工作队和村"两委"反复深入讨论，最终决定成立合作社。

2018 年 9 月 4 日，十八洞农旅农民专业合作社成立。对于设立合作社的初衷，年轻的理事长龙金彪说，就是想把十八洞的土地整合起来，合理利用。

农旅农民专业合作社成立以后，发动群众以土地入股。水田 600 元每亩，旱土 400 元每亩，荒山 200 元每亩，老百姓得到保底收益，纷纷拿出了自家的地。很快，合作社整合了近 1000 亩土地，有 51 户村民入股成为合作社成员。

这 1000 亩土地怎么利用？重任落在了龙金彪等合作社负责人肩上。

1992 年出生的龙金彪，也是一位曾经在外打工的年轻小伙。在外打工时，龙金彪一直在浙江从事机械行业工作。习惯了城市的车水马龙，出去的那些年，他根本没想过自己还会回到十八洞，也"不想回去"。

直到 2016 年回到家过春节，在家门口宽阔的马路上散步，龙金彪认真端详着周围的一切，突然感觉一切大变样了，马路变宽了，房子变漂亮了，到处干干净净，藏在深山褶皱中的村庄已然焕然一新。顿时，他被家乡的巨变震撼和打动了，一种"突然不想走了"的感觉从内心深处萌生。

2017 年初，本来要背起行囊外出打工的龙金彪没有出去，他打定了主意留在十八洞村。

做决定容易，实践却难。家里不像外面，城市可以很容易找到工作上班挣钱，可家里不行。好在十八洞村正在建设，村上打零工的活儿不少，龙金彪边打零工挣钱，边寻找今后的出路。

此时，好兄弟龙先兰的养蜂事业发展得正好，平素，龙金彪喜欢跟龙先兰吃吃喝喝玩在一起。一日，两人坐一起聊天，龙金彪问龙先兰："哥，养蜜蜂效益怎么样？"

龙先兰嘿嘿一笑："不错哦。"

"可不可以带上兄弟我？"龙金彪开门见山。

"当然可以啦，咱们一起养蜂致富。"龙先兰一口答应。

自那以后，到 2018 年上半年，龙金彪就跟着龙先兰养起了野蜂。从开始的一无所知，到后来的 28 箱蜜蜂，龙金彪在十八洞村渐渐谋得了赚钱的门路。

爱人施芳丽则在旅游公司应聘上了讲解员，拿着保底加提成。

一开始，施芳丽在家带孩子，"没有工作，整天都过得很苦闷"。

村里号召年轻人接受讲解员培训的消息传来，施芳丽抱着试试看的心态报了名，练普通话、背解说词，就这样当上了一名解说员。

只要有空，施芳丽都会靠着墙，站得笔直，嘴里念念有词。五六页的解说词就这样在做家务、带孩子的空隙里，被施芳丽深深印在脑子里。

能够赚钱养家糊口过上好日子，两口子慢慢在家乡十八洞村立下了足。

直到 2018 年被选上农旅农民专业合作社理事长，因工作太忙，龙金彪一门心思扑在了合作社，养蜂事业被搁置了下来。

合作社刚成立的第一个月，龙金彪并没把合作社的工作太当回事。他觉得"那么多领导在这里，应该会有专门的人才来管理合作社，自己则只是村上的一个代表而已"。到了第二、三个月，龙金彪发现，事情并不是自己想象的那样。合作社的发展重任实实在在在落在了十八洞村的相关负责人头上。作为理事长，龙金彪开始意识到，自己要努力带着合作社将十八洞村的产业做好，将那1000亩入股的土地盘活起来。

怎么做？发展的过程艰难而曲折。一开始，合作社会员们各自申报自己想做的项目，龙金彪自己则申报种植花椒。一时间，项目五花八门，最终绝大多数没有落地，这种操作模式也不了了之。

什么样的模式是可行的？龙金彪迷茫了。那以后，龙金彪他们数次开会探讨，最终确定了以短线养长线的方式。所谓短线，指的是近一点的、家门口的、比较容易种且好种植的土地；所谓长线，则指的是远一点的、难种植的荒山荒地。短线养长线，更多指的是在家门口的土地上种上成长周期短、收益快的作物，远一些的土地则种生长周期长、收效慢的作物。

具体到十八洞村，龙金彪他们一开始选择的短线作物是有机水稻、无公害蔬菜，光辣椒就种植了147亩；长线作物，更多的是药材。

衡阳市是花垣县的对口帮扶市。在衡阳市的帮助下，十八洞农旅农民合作社引进了300亩的白芨种植项目，分3期种植，2019年下半年已经种植了50亩。龙金彪说，合作社打算在2020年上半年和下半年，分别将余下的250亩白芨种植完。与白芨同时种植的还有50亩无患子树，这些都要三年多才能见到收益，也就是龙金彪他们所说的"长线"。

令合作社伤透脑筋的，却是被视作"短线"的无公害蔬菜和有机水稻。

无公害，顾名思义，就是无污染、无毒害，安全优质。它要求在良好的生态环境中按规定的无公害生产方式进行生产，有毒有害物质含量限定在安全允许范围内，产地环境、生产过程、产品质量都得符合国家标准和规范。这就对农民的种植技术要求很高。2019年，十八洞农旅农民合作社组织种植的大片辣椒，由于天气和病虫害等问题，受到了重创。眼见整片整片的辣椒树枯萎死去，龙金彪心急如焚。他知道，问题还是出在不懂技术、管理不到位上。

"不得不承认，我们的无公害蔬菜种植很失败。"时过境迁，龙金彪他们开始总结经验教训。为了让合作社往强、往大的方向发展，龙金彪他们组织领导班子反复开会讨论，又去周边比较成功的合作社参观学习。渐渐地，他们找到了自身问题所在。土地整合、集中种植、集中管理虽然有一定的好处，但是，却不利于调动农民自己的主观能动性和积极性。反复思量之下，龙金彪他们认识到，要让合作社取得长足发展，需得改变合作社的模式。

"我们想，2020年看能不能把合作社改成销售平台，它的作用更多的是把项目拿下来和把产品卖出去。至于种什么，怎么种，还是让农民自己来做。我们深刻地知道，在种植上，其实农民自己就是专家，我们去做的话还不一定会有他们自己种得好。"龙金彪说。

无论如何，龙金彪说，他希望十八洞的闲散土地能充分利用起来，希望能充分调动老百姓的积极性，在十八洞这片土地上，发展自己的产业。

听说在农旅农民合作社没日没夜地为村上奔忙却没有工资，我们有些讶异。

龙金彪却笑着说："村上要发展，总得有一些人出来做事吧。"

2020 年初，农旅农民合作社并入十八洞村经济联合社。现在的十八洞村集体产业都由十八洞村经济联合社统一管理，理事长由龙书伍担任，龙金彪是其中的一名理事。十八洞村经济联合社正朝着龙金彪所期望的方向发展。

2019 年，十八洞村迎来了他们的第三任扶贫工作队队长，他就是十八洞村所在乡镇双龙镇的镇长麻辉煌。

按照因地制宜、实事求是的工作方针，花垣县委开会决定，选派麻辉煌到十八洞村担任扶贫工作队队长，将十八洞村的工作推上一个新的台阶。

10 月，麻辉煌走马上任。自 2015 年调到双龙镇任镇长一职，麻辉煌可以说亲眼见证了十八洞村在精准扶贫政策下的巨大变化。如今的十八洞村，早已退出了贫困村的行列。麻辉煌知道，他的任务，不再是脱贫攻坚那么简单，而是要朝着乡村振兴方向发力。

"新官上任"的麻辉煌很忙，可却没有忙成一团乱麻。虽然人人没有周末，可麻辉煌给工作队员进行科学分工，合理安排。"大家各司其职，开展工作也没什么困难。"麻辉煌说。

群山环抱的十八洞村村道蜿蜒、山花绽放、庭院整洁，乡村振兴的号角已经在这个小山村吹响

"我希望，十八洞村能成为新时代的文明村。"麻辉煌说。

乡村振兴到底如何做？麻辉煌除了继续关注旅游和发展产业，还将目光聚焦到了群众思想建设。"美丽庭院"就是他带来的一个创举。

2020年初，杨超文家被评为"美丽庭院"。与杨超文家一起被评为"美丽庭院"的，在十八洞只有另外3户。能在村里评上，本身并不容易。

"美丽庭院"首先要求户主思想品德好，有着良好家风的杨超文家，一直都是五星家庭，邻里街坊看在眼里。"美丽庭院"的核心内涵自然是家里的布置和卫生好。杨超文对种花种草情有独钟，在每家每户统一装修的情况下，杨超文花了大力气，在房前屋后种了许多花花草草，将自家庭院装饰得别具一格。

游客来了，在杨超文家可以享受到苗家的热情，又能欣赏大自然的美景。如今，杨超文家的"美丽庭院"几乎成了十八洞村的一个亮丽范本。

在通往乡村振兴的路上，十八洞村想打造越来越多这样的美丽庭院，让十八洞成为真正的美丽乡村。

稳定的脱贫，全面的小康，对十八洞村来说，是正在展现的美好现实。正是在精准扶贫战略的指导下，十八洞村探索出了一条成功的脱贫路，他们不定好高骛远的目标，而是实事求是、因地制宜，十八洞才有了今天的变化，湘西州的脱贫攻坚才有了积极的进展。

七年来，十八洞村制定长期、中期、短期产业发展规划，变化日新月异。

已经取得一定成效的十八洞，在精准扶贫的基础上，正在努力擘画乡村振兴的宏伟蓝图。"我们要把十八洞村民的内生动力凝结成群众智慧和群众意识，实现十八洞村民的自我约束、自我监督、自我管理、自我服务、自我提升，建设美丽的十八洞。"面对未来，麻辉煌充满自信地说着自己的想法和规划。

谈到十八洞未来的发展规划，麻辉煌说到了四点。第一是基础设施的提质升级，如将村道进一步拓宽，如做好"四微"工作——微景观、微田园、微环境、微服务，以此助推美丽乡村建设。第二是做大做强产业，飞地猕猴桃产业、十八洞山泉水、中药材种植、十八洞黄金茶等现成的产业，都将进一步做强。除此之外，乡村旅游业是十八洞村目前正在着力打造和提质的产业。第三是村民道德素养方面的进一步提升，也是十八洞接下来要着力做的事情，继续进行村民思想道德星级化管理，通过德治、法治、自治，做好村民管理工作。"假如是支部，就做好党建工作；假如是农户，就做好自己的庭院建设。"麻辉煌说。第四则是巩固高质量脱贫成果，有效衔接乡村振兴。十八洞脱贫成果显著，2018 年，十八洞村的村集体经济收入达到 70 万元。2013 年，十八洞村人均年纯收入 1668 元，2019 年增长到 14668 元。接下来将努力巩固脱贫成果。

麻辉煌是一个善于总结的人。他说，通过这些年的发展，十八洞村过去"四大皆空"——没有产业口袋空，没有文化脑袋空，没有人气寨子空，没有老婆家里空——的局面已经完全转变，如今鸟儿回来了，鱼儿回来了，虫儿回来了，打工的人回来了，外面的客人进来了。

在精准扶贫广场，我们抬头望向旁边的大树，一个大大的喜鹊窝建在高高的树杈上，小喜鹊在绿油油的树叶间叽叽喳喳地穿梭。麻辉煌和龙志银高兴地告诉我，这些喜鹊就是精准扶贫提出来之后才来的。喜鹊喜鹊，迎着福音而来，又带来了发展的新希望。

如今，村里飞虫寨通往当戎寨的道路拓宽工程已经动工，十八洞村村民日思夜想的篮球场，也即将开建。

"脱贫并非终点，而是为新生活奋斗的起点。"麻辉煌说。

2020 年是全面建成小康社会之年，十八洞的意义已经不只脱贫或是振兴那么简单，而是作为一种可复制、可推广的经验助推这一全国性的伟大战役取得圆满胜利。

希望的种子

名声在外的十八洞村就像一颗希望的种子，播撒到了更广阔的湘西地区。从十八洞村到十八洞片区，变化在悄无声息地发生着。

几年前，在十八洞村的相亲会筹备会上，花垣县委主要领导带来了一个客人，她就是合兴村（原来的水桶村，合村之后叫合兴村）村支书麻妹英。

"我最着急的是我们村的光棍汉，要是他们都能讨到老婆的话，我们发展也有劲头。"麻妹英开门见山地表明了自己此行的目的。

听了麻妹英的话，龙秀林半开玩笑地说："看来麻支书这次来十八洞还另有意图啊，是要带你们的光棍汉们来抢'生意'了？我们有压力啊。"

围坐在一起的人们笑了起来。

不久之后的相亲会，麻妹英真的带了村上的单身小伙来了十八洞。临出发之前，她给小伙子们打气："我们的小伙子个个都棒，大家大胆些，不要害羞，争取把姑娘领回村上。"

事实上，麻妹英带着合兴村跟十八洞学习的事情开始在更早以前。

合兴村，距离十八洞村 30 多公里，村子由七个苗寨组成。麻妹英嫁过去的时候，村还没合并，麻妹英婆家所在的村还叫水桶村。水桶，顾名思义，村子的模样就像是一根扁担挑着两个水桶。那时的水桶村闭塞、贫穷，连条像样的路都没有，手臂宽的茅草路，承载着村民们肩挑背驮的艰辛日子。路不通，吃饭就成问题，跟十八洞一样，当时的水桶村人均不到一亩地，完全靠天吃饭。

因为村里条件实在差，爱面子的麻妹英怕人笑话，很长一段时间，朋友问她嫁到哪里，她总是支支吾吾，不说出"水桶村"几个字。生完孩子后，麻妹英到外面打了一年工。打工赚回来钱，麻妹英给自己买了一台缝纫机。有了缝纫机，麻妹英跟着母亲学起了做衣服，做苗绣。靠着苗绣手艺，麻妹英家的条件才慢慢好起来。

时间到了 2014 年，水桶村换届；同年，精准扶贫启动。能干的麻妹英在这关键时候，被高票选举为村支书。面对村里贫困的现状，麻妹英绞尽了脑汁，想脱贫之策，可是总也找不到好的办法。正当此时，不远处的十八洞，扶贫工作正开展得如火如荼。麻妹英想，水桶村跟十八洞村整体情况是很像的，何不到十八洞去看看人家是怎么脱贫攻坚的呢？

有了想法，麻妹英就风风火火地行动起来。初次到十八洞村，麻妹英就被十八洞村焕然一新的村道村貌震撼到了。修路，一直是麻妹英想做的事，可做起来并不容易。看到十八洞的变化，麻妹英坚定了信心，一定要把村上的道路等基础设施建设好。

回到村上，麻妹英首先发动群众打通了连通两个寨子的乡村公路。修路的过程很艰辛，那些日子，麻妹英起早贪黑。当村上的乡村公路真的修通了，麻妹英大为感慨，皇天不负有心人。再后来，合兴村通往外界的路也修通了，这个藏在深山中的苗寨，慢慢找到了与外界连通的出路。

第一次到十八洞取经后，麻妹英渐渐成了十八洞村的常客。她时常领着村上的干部和村民到十八洞来，也带着村上的单身汉到十八洞村参加相亲会。十八洞与合兴村，这两个散落在大湘西山野中的贫穷山寨，渐渐成了"朋友"。

十八洞村有苗绣合作社，合兴村也可以有，麻妹英先是直观地看到了自己身上的傍身本事——苗绣。麻妹英带领村里的苗绣娘，成立了苗绣合作社。她不仅把自己的技术分享给苗绣娘，连销售渠道也一起想办法。苗绣，一时间成了合兴村的苗绣娘们在家门口就能赚钱的营生。

但麻妹英是合兴村的村支书，一个支书不能只考虑到一个小小的产业。苗绣虽然盘活了一部分人的生产价值，却无法让全村的人都富裕起来。村上要发展，还得找到一个支柱产业。这个支柱产业又在哪里呢？麻妹英又带着大伙来到了十八洞村。

围坐在火炉旁，龙秀林望着火盆里蹿腾的火苗，意味深长地说："扶贫资金就是火种，火一烧，我们坐在旁边就觉得好热乎。但是柴烧完之后，火就熄了。熄了以后我们就要想办法到处去加

柴，加大柴，火就越烧越旺。"

麻妹英将龙秀林说的话记在了心里，十八洞因地制宜，发展了飞地猕猴桃产业园、山泉水厂等产业，可合兴村的"大柴"是什么呢？回到村上，她与扶贫工作队和村干部一起，多次开会讨论。

水桶水桶，顾名思义，水的条件比较好。参照十八洞经验，合兴村因地制宜，利用优良的水源条件，发展起了养殖业。十八

十八洞的飞地猕猴桃产业园发展经验可复制、可推广　　（摄影：龙艾青）

洞养牛养羊，合兴村就凭借丰富的水源养起了鸭子。慢慢地，合兴村的养鸭产业渐渐打出了名声。渐渐地，村里又开始发展养牛产业和产品深加工。这样下来，村民的收入有了很大的改善。

　　除此以外，合兴村山地多，麻妹英又带着村"两委"，探索出了茶叶种植路线。这样因地制宜的探索，县里非常支持，万事俱备的合兴村茶园迎来了顺利开工的日子。麻妹英想着，村集体带头先种上100亩茶园，然后把村民带动起来。合兴村的茶园，树苗和肥料都由县里统一提供，村里出工，负责管护，龙头企业保底价收购，这些操作，都跟十八洞村很是相像。

几年过去，合兴村有了大变样。村民麻金莲说，以前水桶村一个寨子只有一台电视机，全村人都凑过去看，每人还要交两毛钱的费用。现在家家都有电视机了，全凑到一家看电视这种情形终于不会再出现了。

现在的合兴村，道路修好了，产业发展起来了，就连外面的年轻人也有不少回到了村上，越来越多的光棍汉找到了媳妇脱了单。

这样的合兴村，不得不说是十八洞经验的一种顺利延伸。这样的村子，在湘西，在中国，还有很多。

这，是十八洞村精准扶贫经验"可复制、可推广"的一种鲜明写照。

除此以外，十八洞村的产业，也是很多村庄所效仿的内容。

从飞地果园倡议之初，十八洞村的这一次产业尝试，一直为外界和媒体所关注。从入股、开园到挂果、分红，几乎每一个环节都被报纸、网络、电视报道过。几乎所有关心时事的读者，都知道十八洞有个猕猴桃果园，丰收了。

由十八洞开始的猕猴桃飞地种植，在花垣乃至湘西州形成了一种开发经验，这一飞地经济经验的推广，带动了双龙镇排碧片区、花垣镇道二片区、龙潭三地近万贫困人口的发展。

花垣镇道二片区年轻人多外出打工，人少地多；十八洞村人多地少，出钱承担风险，集约流转。跨地域的农业资源整合为贫困地区的产业发展提供了有效经验，打造了双赢示范田。

花垣县双龙镇的让烈村对十八洞村的学习主要就体现在"复制"飞地经验上。2015年，让烈村分别在吉首市平年村和保靖县夯沙村租赁了两块飞地。据了解，这两块飞地主要就是参照了十八洞村的经验，和十八洞村的飞地相似的地方还在于，让烈村的飞地也是优先支持贫困户入股；也是引进公司，股份制发展高山养殖和高山种植，包括种植蔬菜、水果、中药材等。

以十八洞这块猕猴桃飞地为核心，湖南湘西国家现代农业科技园区成立了。这个湘西第一家"国字号"的农业园区，以十八洞苗汉子猕猴桃园等七大产业基地为核心组建，于2018年11月通过国家农业科技园区验收。

"从未离开十八洞"，现在，十八洞村第一任扶贫工作队队长龙秀林已调任湖南湘西国家现代农业科技园区管委会主任。龙秀林说："在给十八洞老百姓培训的时候，我说了一句话：你们的队长到湘西国家农业科技园给你们看守猕猴桃去了。这句话道出了我的责任，不仅要种好，而且要看守好，最关键还要卖好。"

令龙秀林欣慰的是，到十八洞考察学习的团队，有70%来过农业园区，学习十八洞村的飞地经济发展方式。龙秀林说，现在农业园区共有48家入园企业，12家企业入驻产业大道两边。

按照湖南省委、省政府制定的"四跟四走"（资金跟着穷人走、穷人跟着能人走、能人跟着产业走、产业跟着市场走）发展方略，湖南湘西国家现代农业科技园区通过产业直接帮扶、委托帮扶、股份制帮扶、就业带动、经济联合体带动等模式，最大限度带动当地劳动力就业。

每一块土地都有它自身的特色和价值，十八洞村能找到适合种植的猕猴桃品种，可以因猕猴桃而脱贫、致富，中国更多的贫困村庄亦能找到适宜种植的农产品，排除万难找到脱贫路、致富路。

龙秀林说，能以十八洞的尝试为经验，服务更广阔的湘西乡村，这是他做的最有意义的事情。

现任十八洞村扶贫工作队队长麻辉煌说，这些年，在十八洞村周边，金龙村、让烈村、龙孔村、芷耳村、岩锣村、桃花村、张刀村、马鞍村等跟随十八洞的脚步，学习十八洞经验，秉持投资有限、自力更生、民力无穷、建设家园的相同发展理念，已经抱团发展。从 2015 年开始，双龙镇就作了这样一个计划。这些村与十八洞村山同岩、水同根，村民都很淳朴，很纯洁，很勤劳。现在，这些村建设得也一样漂亮，村民幸福指数一样高。

从十八洞村到十八洞片区，我们欣喜地看到，一个点带动了一个面。实践证明，十八洞经验"可复制、可推广"。

这些年，很多地方、很多贫困村庄来到十八洞取经，十八洞也在不断地吸收和学习其他地区的好经验。从十八洞村到十八洞片区，从十八洞片区到中国的大江南北，十八洞"精准扶贫"的成功经验随着那每日如织的人流被带往了全国各地。

中国智慧

2018 年 6 月 2 日，雨后的苗寨，漫山透绿、清新朗润，这一天，注定不同寻常！

十八洞村青灰色的石板路上走来了一位尊贵的客人——老挝人民革命党中央总书记、国家主席本扬·沃拉吉。这是十八洞村第一次迎来外国元首，也是又一次迎来一位总书记。

回想起 5 年前习近平总书记的考察，十八洞村的村民们仍记忆犹新。5 年后，当本扬沿着与习近平总书记相同的路线绕村一圈考察时，看到的是另一番火红的发展景象：从前 3.5 米宽的盘山小路变成了 6 米宽的柏油马路，村内家家门口修了石板路，户户通了自来水。游步道有了，邮局有了，自助取款机有了，农家乐有了，还与文化公司合作建立了农家书屋和诗社。

沿着青灰色的石板路，本扬来到住在村头的石拔专老人家中，仔细把屋里屋外看了个遍。相比 5 年前，"大姐"石拔专新添了液晶电视、冰箱、电风扇和电饭煲等电器。

习近平总书记来时，连小板凳都凑不齐的施成富家，如今开起了农家乐，生意做得顺风顺水。他们用"十八洞村"品牌的天然山泉水泡上湘西黄金茶，招待远道而来的贵客。

坐在农家的木板凳上，本扬和基层干部进行了座谈，扶贫工作队队长麻辉煌是本次接待工作的主要负责人之一。他记得，"两不愁三保障"是本扬了解的重点，除此以外，本扬还对贫困户通过什么措施增产增收脱贫很感兴趣。

本扬与基层干部座谈时，麻辉煌就坐在旁边，他清楚地记得，当时本扬问：十八洞村的精准扶贫怎么抓的，是谁抓的？

花垣县委主要领导和十八洞村时任村支书龙书伍共同回答了这个问题。问题的答案，麻辉煌也清清楚楚地记得，县委领导和龙书伍告诉本扬：中国的精准扶贫工作是五级书记抓扶贫，我们在每个村都派驻了强有力的精准扶贫工作队，每一户贫困户家里都有一名干部来帮扶，按照"五个一批"的要求，根据每个贫困户的情况，进行精准施策。保障人民群众的教育、医疗、住房，让他们喝上安全的水，每一户要有致富的产业和增收的措施，比如外出务工，比如种植、养殖、参加合作社等。

本扬听后感慨道，老挝也贫困，这次来到十八洞学到了很多东西，感触很深。十八洞建设得很好，十八洞的村民都过上了好日子。

麻辉煌回忆说，虽然说着不同的语言，但当时谈话的气氛却十分热烈。

在十八洞村精准扶贫展览室，本扬看到了一张张展现十八洞村巨大变化的图片、一组组生动的数据。这些图片和数据的背后，是湘西近年来通过乡村旅游、转移就业、易地搬迁、教育发展等"十项工程"解决当地深度贫困问题的努力和成效。

确保到2020年农村贫困人口全部脱贫，让中国人民共同迈入全面小康！这是中国共产党人的庄严承诺。作为世界上发展中国家之一，老挝也确定了力争到2020年摆脱国家欠发达状态的目标，和中国的时间进程遥相呼应。

回老挝后不久，为了感谢十八洞村村民们的友好接待，本扬给十八洞村送了一个银质的芦笙。芦笙是老挝的传统乐器，十八洞村村民们将其与老苗寨的苗鼓一起演奏，悦耳的合曲响彻山谷。

本扬的这次到访给十八洞村村民们留下了深刻印象。麻辉煌说，十八洞的村"两委"和父老乡亲，都觉得本扬主席考察十八洞村，给大家带来了极大的鼓舞和鞭策，大伙儿都觉得绝不能辜负精准扶贫首倡地的责任。

2019年4月14日，十八洞时任村支部书记龙书伍提笔写了一封信，这封信是十八洞村全体村民委托他写的，信件所寄往的地方正是遥远的老挝。当时，正值老挝泼水节，也就是老挝新年期间，村民集体致信本扬，介绍村里一年来的发展情况，并恭祝老挝人民新年快乐。

信的内容，主要是讲述本扬走后十八洞的变化。村民们在信中说：十八洞走出了国门，走向了世界。现在，到我们村来参观旅游的人更多了，人气更旺了，乡村旅游开发正在深入推进。十八洞的村民有的开农家乐，有的在务工，有的在集体经济入股，家里的收入一年比一年多。同时，村民们也在信中寄予了美好的愿望：相信老挝人民一定会在老挝人民革命党的坚强领导下，摆脱贫困，过上幸福美好的生活，并祝愿中老友谊万古长青！

一个半月之后，本扬的回信送到了村里，全村沸腾了。乡亲们围坐在村民施成富家的小院里，一起阅读着这封特殊的信件。一个个情真意切的文字跳入村民们的眼中、心间。本扬在信中写道："去年考察期间，乡亲们给予了我及代表团一行亲切友好的接待，对此我仍记忆犹新。在习近平总书记、国家主席'精准扶贫'理念的指引下，十八洞村取得了全面的发展成就，在短时间内摆脱贫困，村容村貌焕然一新，村民生活不断改善。当前，老挝正在全力开展扶贫脱贫，致力于摆脱欠发达状态，十八洞村的成功实践给老挝提供了十分宝贵的经验。"

十八洞，这座武陵山区深处的苗寨，五年里先后迎来中老两国最高领导人的到访，见证了中老两国携手并进的一段佳话。

事实上，成为扶贫样板的十八洞村，已经走出湘西，走向全国，走向全世界。

十八洞村用它的变化、它的实践，和中国很多贫困村庄一起，见证着我国脱贫攻坚事业从 20 世纪 80 年代至今的全过程，见证并参与着中国梦的逐步实现。

2019 年 6 月 18 日，十八洞村，一场"亲事"让苗寨内外张灯结彩、喜气洋洋。

这天下午，在十八洞村的村部里，十八洞村与福建省福鼎市赤溪村缔结为脱贫致富奔小康姊妹村。在签约仪式上，双方代表签订了协议书，并互赠了礼品，十八洞村送出的是代表着苗族精美技艺的苗绣，赤溪村则送出了福鼎。根据协议内容，两地将加强经济文化、乡村振兴、少数民族繁荣发展等方面的交流合作，实现互惠互利、优势互补、共同发展，巩固提升精准扶贫实效。

这场由国家民委牵线，湖南、福建两省民族工作部门协调组织的结对活动，让中国扶贫的源头与精准扶贫的首倡地，跨越1400余公里的距离，相交叠加，生发出浓浓的民族情谊和闪亮的中国智慧，驱动、引领着我国脱贫致富奔小康之路，也谱写着我国脱贫攻坚事业的伟大成就。

曾经，十八洞村与赤溪村都是最贫穷的少数民族村庄之一，静卧在好山好水抑或说穷山恶水之中，艰难地跋涉着。

是扶贫，改变了她们的面貌。

时间追溯到1984年5月，在宁德福鼎县（现为县级市）任县委新闻科科长的王绍据写信给《人民日报》，反映下山溪畲族群众的贫困生活，"希望实行特殊政策给穷山村治穷致富"。这封信的名字叫《穷山村希望——实行特殊政策治穷致富》。不久之后，这封信在《人民日报》第一版被刊登出来，并配发了《关怀贫困地区》的评论员文章。这就意味着王绍据关于治理贫困的呼吁得到了中央的回应。这一天是1984年6月24日。一石激起千层浪，中央对贫困的关注很快引起了全国各地的强烈反应。

几个月之后的9月29日，中共中央、国务院发出了《关于帮助贫困地区尽快改变面貌的通知》，一场扶贫大战在全国各地"打响"，拉开了延续至今的扶贫大幕。

赤溪村，也由此被称为"中国扶贫第一村"！

29年后的2013年11月3日，远在千里之外的十八洞村也如

赤溪村村民在村口竖立的刻有"中国扶贫第一村"的石碑

赤溪村一样，迎来了一个具有跨时代意义的大转机。

这天，习近平总书记来到十八洞村考察，就是在这里，总书记第一次提出了"精准扶贫"的重要论述。自此，一场轰轰烈烈的脱贫攻坚战役在全国范围内打响。十八洞村也成为老少皆知的"精准扶贫"首倡地。

虽然地域不同、发展各异，但如今的赤溪村与十八洞村的发展都在谱写一个铁一般的事实，那就是在扶贫路上，中国共产党不会放弃任何一个贫困群众、任何一个贫困地区、任何一个少数民族。

在十八洞村村部礼堂，苗、畲两族同胞相逢握手，踏上了脱贫致富奔小康、振兴乡村的新征途。双方缔结为姊妹村，建立信息互换、资源共享、互助交流等机制，相互学习和借鉴对方脱贫致富奔小康的成功经验，共同推进两村在经济贸易、项目投资、人才技术、劳务协作、旅游文化开发等方面的发展。

两只刚刚完成涅槃的凤凰，将在中华民族伟大复兴的征途中振翅高飞。在中国的土地上，不断涌现的"十八洞"和"赤溪村"是中国梦的生动写照，她们，又将继续为中国梦的绚丽多彩谱写浓墨重彩的新篇章。

我们期待，这样的中国梦，沿着"一带一路"，走出国门，走向世界。

"一带一路"沿线国家以发展中国家为主，像老挝，贫困人口问题也是他们所面临的问题，脱贫减贫也是他们面临的难题。中巴经济走廊、老挝一号工程、肯尼亚的铁路工程，都是"一带一路"的标志性工程，也是扶贫、脱贫、致富的民心工程。十八洞"精准扶贫"的样本价值之于"一带一路"沿线国家脱贫减贫的意义是不言而喻的。"一带一路"注重加强国际合作，世界各国共同应对各种问题和挑战，是时代的大势所趋，也是人类共同的命题。而消除贫困是各国共同面对的重大问题，倘若在"一带一路"大框架下，以十八洞村为样本，挖掘她的样本价值，使之可复制、可推广，这将会为各国扶贫提供有益的借鉴。

把十八洞村放在"一带一路"的大背景和积极参与全球治理的进程之中，我们相信，十八洞村这个极具"中国智慧"的扶贫样本，其价值一定会超乎想象。把"精准扶贫"的中国智慧放在全世界减贫的大局中，我们相信，中国脱贫攻坚的启示意义一定会超乎想象。

十八洞，从极度贫困的老苗寨，到现在成为"精准扶贫"的典范，正往乡村振兴方向发力。十八洞村翻天覆地的巨变，是中国共产党用汗水、用智慧书写的一个经典案例，更是贫困群众在党和政府领导下，由内而外的一次内生突破。

从十八洞村到十八洞片区，同样的贫困条件下，我们看到可复制、可推广经验的可贵之处，也看到了人的潜能之无穷。当越来越多的"十八洞"从贫瘠的缝隙中脱颖而出，长出了嫩绿的草，开出了娇艳的花，我们看到了生机勃勃的希望。

这种希望当然不是一蹴而就的，从 20 世纪 80 年代开始，中国共产党就开始了这种希望的探索。这一点，我们从赤溪村可以窥得究竟。在这以后，我们看到了中国共产党扶贫的行动从未间断。梁家河村、骆驼湾村、张庄村、神山村、大湾村、原隆村、三河村、元古堆村、阿亚格曼干村、杨岭村、班彦村、赵家洼、花茂村等，这些曾经的贫困村都留下了中国共产党人光辉的足迹，也刻印着中国扶贫的典型意义。一路走来，大国风采展现无遗。中国共产党，在扶贫路上不落下一个贫困群众，所有群众团结一心，共同实现中国梦。

当然，中国扶贫事业的伟大意义远不止于此。老挝人民革命党中央总书记本扬来到十八洞村，与十八洞村民的几次友好交流，体现了中老友谊长存，更隐喻着中国扶贫的世界意义。从"中国智慧"到"世界减贫"，毫无疑问，中国这个人口大国已经在脱贫攻坚的进程中交出了堪称伟大的答卷。老挝之后，顺着"一带一路"，本着世界减贫的公益之心，中国扶贫事业必将为"世界减贫"贡献更多、更长远的智慧。

站在十八洞村的精准扶贫广场，视域内的山谷和山石均被金灿灿的太阳照亮，如画般的美景尽收眼底，精美绝伦。我们庆幸，这绝美的景致已经不再是美丽之困，而是只有美，没有了困。这是精准扶贫的伟大之处，也是世界减贫的华彩一笔。

尾声　新时代，新未来

2019 年的冬天是个暖冬，对十八洞村所在的高寒山区而言，再暖和的冬也比别处要冷不少。

十八洞一户苗家的火塘里，火苗欢快地上蹿，悬在房屋中间的铁吊架上，密密麻麻地挂着几十块腊肉，在火苗携带的黑烟中，腊肉油光发亮、肉皮金黄。围坐在火炉旁的老人张开嘴，瞅着腊肉笑了。这是个丰收年，老人的小女儿养了六头猪，老人的家也成了"十八洞"腊肉熏制和销售的窗口。随着一批批腊肉顺利出售，红簇簇的票子飞进了苗民鼓鼓的腰包。

"我现在一年四季餐餐有肉吃，神仙过的日子也就是这样了！"老人说着苗语，眼睛眯缝着，笑成了一条线。

老大姐叫石拔专，大名鼎鼎。她的丰收不是十八洞的孤例，只是缩影。

如今的十八洞，"精准扶贫"首倡之地有了首倡之为。通过七道程序精准识贫，找准要扶之"人"；通过党建引领，举好党组织的先锋之"旗"；通过思想教育，激发百姓脱贫之"志"；通过因地制宜的产业造血，开拓致富之"路"；通过全面的基础设

石拔专老人说："生活现在过好啰！吃得好，穿得也好……"　　　　　（摄影：李健）

施建设，挖断了致贫之"根"。年轻人搞乡村旅游，中老年人搞养殖，留守妇女做传统苗绣，村集体建立了山泉水厂，"飞地"猕猴桃产业园喜获丰收……短短几年，变化翻天覆地，昔日的"穷苗寨"已经变成了丰衣足食的美丽乡村。若是站在今日的十八洞来看这个寨子，人们很难想象，这里原来是一个藏于深山、几乎不为人知、贫穷而破败的苦苗寨。如今，十八洞的"精准扶贫"经验已经变成一张响当当的名片，被全国贫困地区广泛学习和借鉴，甚至在世界上其他同样有着扶贫重任的国家撒下了希望之种，开出了鲜艳的花。

十八洞的故事，不是一组"春风送暖，感恩戴德"的应景故事，十八洞的苗家儿女也并未躺在光环与政策的恩惠下吃"现成饭"。从精准扶贫到乡村振兴的路上，这些朴实的十八洞人有过焦灼，有过彷徨，有过困惑，有过反复。但他们最终团结一心，终有所成。他们每一个人的梦想与努力，每一步微小的探索与变化，汇聚成今日的十八洞。聚光灯下的十八洞案例，被反复研究，被不断推广，成为全国脱贫攻坚的一个范本、一种助力。

十八洞成功脱贫的背后，我们绝不能忘记党"全心全意为人民服务"这个根本宗旨。从让穷苦人过上好日子，到全面小康路上一个都不能少，中国共产党从来都是为人民而兴。"全心全意为人民服务"自中国共产党诞生之日起就被鲜明地融入了党旗里。"精准扶贫"在十八洞首倡，不仅改变了十八洞的贫穷面貌，也改变了我们国家无数个"十八洞"的面貌。在这些改变背后，付出心血最多的，还是我们的人民公仆——共产党员，是他们夜以继日的坚守，是他们不计得失的付出，是他们倾尽心血的行动，才最终成就了无数个"十八洞"今天的样子。"逢山开路，遇水搭桥"，这是中国共产党人冲锋在前的实干和担当，也是无数个"十八洞"脱贫致富的关键。"一把钥匙开一把锁""晴天一身土，雨天一身泥"，无数扶贫干部在"精准"二字上下功夫，用"辛苦指数"换来了人民群众脸上的"幸福指数"。所有这些，我们看在眼里，然后写到文字中，是为了铭记。

在写作本书的过程中，我们多次来到十八洞，每一次，都能看到变化。有些变化长在十八洞的土地上、房屋里、村道边，显而易见；有些变化则长在十八洞村民的行动里、笑脸上、内心中，深不见底。就像这个老苗寨的千古文明一样，今日精准扶贫改变下的十八洞元素，定然也深深刻印在老苗寨的千古文明里，传承过去，雕刻现在，开启未来。

毫无疑问，十八洞不是孤例，只是缩影，只是代表。今天，无数个"十八洞"的华丽蜕变，已经书写了"最成功的脱贫故事"。

相关数据显示，改革开放40多年来，中国有8亿多人口实现脱贫；全球范围内每100人脱贫，就有70多人来自中国。党的十八大以来，贫困人口由9899万减少到600多万，连续7年每年减贫规模都在1000万人以上，相当于欧洲一个中等国家人口规模。脱贫攻坚力度之大、规模之广、成效之显著，前所未有、世所罕见。

而这些故事、这些数据的背后，蕴藏的是实现中华民族的千年夙愿，夺取脱贫攻坚最后胜利的希望。

2020年初，署名为"宣言"、刊发在《人民日报》的《决胜脱贫在今朝》一文写道：

习近平总书记在新年贺词中指出，2020年是脱贫攻坚决战决胜之年。冲锋号已经吹响。当历史来到21世纪的第20个年头，千百年来困扰中华民族的绝对贫困问题即将历史性地划上句号，我们将全面建成小康社会，实现第一个百年奋斗目标。

尾声　新时代，新未来

2020 年，脱贫攻坚的决战决胜之年，我们听到了振奋人心的消息：截至 2020 年 2 月底，全国 832 个贫困县中已有 601 个宣布摘帽，179 个正在进行退出检查，未摘帽县还有 52 个。其中，十八洞村所在的湖南省，51 个贫困市县已全部实现脱贫摘帽。全国贫困发生率由 10.2% 降至 0.6%，连续 7 年每年减贫 1000 万人以上。

从十八洞到湘西，从湘西到湖南，从湖南到中国，从中国到世界，在中国脱贫攻坚这场大战中，以十八洞村为样本的中国精准扶贫大业在更广阔的大地上，发挥着不可估量的作用。毫无疑问，实现现行标准下所有贫困人口脱贫，是中国历史上亘古未有的伟大跨越。毫无疑问，精准扶贫的中国方案为全球 13 亿贫困人口摆脱贫困提供了新的可能，为世界减贫贡献了中国智慧。

"脱贫只是第一步，更好的日子还在后头。"或许精准扶贫的起点，是在十八洞村。但路的远方，一定是更美好、更广阔的未来。

又是一年春风起，云雾在十八洞的山谷散了又聚，聚了又散。

石拔专家的腊肉被苗家的柴火熏得黄里透红、肉香四溢，老人抬头望着腊肉，笑容在脸上绽开了花。

老教师杨东仕坐在大门边，"幸福人家"的对联横批换上了崭新的红纸。侄子杨超文风风火火地提着腊肉、酸鱼来了，做了那么久的农家乐，这次，他是来做顿美味饭菜给叔叔、婶婶吃。

不远处的杨振邦家，阿雅民宿挂起了新的红灯笼，勤劳的杨振邦正在倒腾着他的"乡村振兴"房间。他说，要把这间房做得最大最敞亮。

丰收了的龙先兰，正和媳妇吴满金一起，将去年冬天新取的野蜂蜜小心翼翼地装进新瓶里，等着卖个好价钱。

施进兰一大早就开着车出门去了。旅游公司很忙，他要趁着这段相对闲的时间，将一切准备就绪，等疫情过后，迎接游客们来观光学习。

90后大学生施湘、施林娇、施志春、施康，今年，他们都留在十八洞创业，虽然年初疫情严峻，但并未影响他们做抖音、做直播。经过不懈努力和不断探索，他们的直播事业终于有了起色，现在关注他们直播的人越来越多，一场直播经常有上千人参与互动。他们的抖音号迅速火起来，他们还出现在中央电视台《新闻联播》的画面里。他们通过视频直播展示了十八洞的美景、美食、服饰、民俗、建筑、苗绣和苗家人干农活、上山砍柴等生活趣事，在一家直播平台已经有了10万"粉丝"。他们还以"直播带货"的形式帮助村民销售土特产品。成为"网红"的他们"打算将村里的特色农产品卖到更远的地方，为大伙儿换来更多的收入"。

近70岁的石顺莲一早就带着孙女隆苗到房前屋后剪桃树枝去了。桃树马上要开花了，石顺莲想给认领桃树的远方朋友准备一道最美的风景。边剪桃树枝，她边跟孙女说着话，这美丽动人的桃花，她要教孙女绣到苗绣里去。

精准扶贫工作队和村"两委"干部一直很忙，忙得没时间坐一坐。抗击新型冠状病毒肺炎疫情期间，他们要每家每户提醒大家注意防控。令他们欣慰的是，不少村民在问：怎么样能给武汉捐款？

......

这是十八洞村 2020 年初春的一个清晨，景还是那片美景，寨还是那座苗寨，少了外出的后生，多了居家的忙碌。这样的清晨，是扶贫的成果，是振兴的希望，是我们最喜闻乐见的清晨。

十八洞村扶贫大事记

（2005—2020 年）

2005 年 12 月，原飞虫村和竹子村合并，成立十八洞村。

2011 年 3 月，湖南省民委驻村工作队进村开展建整扶贫工作。

2012 年，完成村寨大门、村部修建和村主干道拓宽硬化。

2013 年 11 月 3 日，习近平总书记来到十八洞村考察，首次提出了"精准扶贫"的重要论述。

2014 年 1 月，花垣县委精准扶贫工作队进驻十八洞村。

2014 年 4 月，村党支部换届，选举出新一届支委班子。

2014 年 5 月，专家来村指导，落实"把农村建设得更像农村"理念，并确立"把十八洞村建设成中国最美农村"的建设目标。

2014 年 6 月，中共中央办公厅进行首次回访。

2014 年 9 月，成立十八洞果业有限责任公司，十八洞村苗绣合作社与四家公司签订苗绣订单协议。

2014 年 10 月，十八洞村首次推行思想道德星级化管理模式。

2015 年 1 月，十八洞小学、排谷美小学完成升级改造。

2015 年 2 月，"十八洞特产"电子商务平台在淘宝注册。

2015 年 5 月，中共中央办公厅再次进行回访。

2015 年 7 月，十八洞村游苗寨文化传媒公司注册成立。

2015 年 12 月，十八洞村举办首届青年相亲会。

2016 年 1 月，《基层新答卷·十八洞村扶贫纪事》在央视《共同关注》和《新闻 30 分》等栏目连续播出。

2016 年 2 月，央视《新闻联播·治国理政新实践》专栏推出《"十八洞村"扶贫故事》系列报道。

2016 年 7 月，十八洞村党支部被评为"全国先进基层党组织"。

2016 年 12 月，十八洞村退出贫困村序列。

2017 年 6 月，成立湖南十八洞山泉水有限公司。

2017 年 11 月，十八洞村获评第五届"全国文明村镇"。

2018 年 6 月 2 日，老挝人民革命党中央总书记、国家主席本扬·沃拉吉来十八洞村考察。

2018 年 9 月，成立十八洞农旅农民专业合作社，村民大会修订完善村民自治章程和村规民约。

2019 年 5 月，花垣县十八洞旅游开发有限公司正式营运。

2019 年 6 月 18 日，十八洞村与福建省福鼎市赤溪村缔结为脱贫致富奔小康姊妹村。

2019 年 8 月 18 日，十八洞村与新疆喀什阿亚格曼干村结为民族团结兄弟村。

2019 年 10 月 1 日，湖南彩车参加国庆群众游行活动。彩车上的苗寨微缩模型，即以十八洞村为原型，寓意着"精准扶贫"首倡地的责任担当。

2019 年，十八洞村被评为"全国乡村治理示范村"。

2020 年 1 月，央视《故事里的中国》栏目报道十八洞扶贫故事。

后　记

当乡愁成为随时可以回归的一抹新绿，生活也就绽放了新的色彩。一个人如是，一个村庄如是。

在去湘西的路上，放眼望去几乎都是美景，不论是云雾缭绕的突兀山石，还是成片成块的五彩花海，抑或是纯净澄澈的潺潺流水，自然风光总能给人以美的享受甚至是灵魂荡涤。令人唏嘘的是，这样的美，曾包裹着固若顽石的贫困，这样的困被称为美丽之困。这样的困像围城，外人看到的是如诗如画的美景，困在城中的人却叫苦不迭。

如今，我们欣喜地看到，这一切都正在改变，或者说已经改变。

新的时代，自然之美的价值被充分发掘。美就是美，不再是困。十八洞，毫无疑问，是精准扶贫中美丽之困得以改变的最鲜活村级样本。

不管是在纸媒、电视媒体，还是网络上，关于十八洞的故事都很多。如何在众多的故事中解读十八洞这个精准扶贫村级样本的深刻内涵，写作过程中，我们一直在思索，也多次与湖南教育出版社杨宁老师深入探讨。我们不仅要寻访到十八洞村现在的变化，更要寻访到它古老的根；不仅要写到产业、农家乐、民宿、旅游等显眼的繁盛，更要挖掘扶贫工作对贫困群众最基本的生活，如通路、通电、教育、饮水等保障问题的改善。如此一来，采写工作就不那么简单，需得走到百姓生活中，深入到百姓的故事里。

所幸的是，采写还算顺利。虽然在十八洞这样的老苗寨，有很多老人家还说着我们听不懂的苗语，但采写中我们欣喜地发现，能用普通话表达的诸多年轻人回来了。人，是一个村庄发展的最大推动力。或许对十八洞而言，最大的希望远不是眼下的兴盛，而是通过精准扶贫对村庄的改变，吸引回了曾经远走他乡的青壮年们。

我们发现，十八洞的村民，不论男女老少，语音都基本相似。那是苗语和汉语的融合，那是十八洞人或者是这一区域的人们所特有的乡音。以前，外出打工的人多了，当这些乡音散落在城市各处，乡音便不是乡音，只是一个个淹没在茫茫人海中的特殊音符。而当这些乡音回归故里，乡音便成了一种特色，让沉寂的村庄热闹和兴旺起来。

我们清楚地记得回来的年轻人充满希望地跟我们聊他们的打算、他们的规划。我们也欣喜地看到好几个大学生回来了，他们带回来了抖音和直播间，带回来了新的技能。这让我们明白，古老的十八洞，终究乘着精准扶贫的东风，踏上时代的列车，奔向更加美好的未来。

与年轻人形成鲜明对应的，是十八洞村的老人。对不会说汉语的石拔专、龙德成这些老人而言，或许曾经到过的最远的地方莫过于县城。但我们采访的时候，老人们却高兴地拉着我们的手往墙边上走，乐呵呵地指着墙上的照片告诉我们，他们去过北京，还上过《星光大道》节目。去远方看看，或许是苗寨的老人们曾经只敢想却不能做的事，如今却都成了现实。我们欣喜地看到他们的生活在精准扶贫的大潮中得以横向延伸。

这一切的改变，离不开国家的大政方针，离不开扎根一线的扶贫干部。用辛勤血汗换老百姓的幸福笑颜，在十八洞村的扶贫干部身上体现得很明显。短短几年时间，十八洞村换了三批扶贫工作队。每批工作队都有自己的重点和难点任务。在社会的聚光灯下，扶贫干部的压力可想而知，可他们没有辜负国家的厚望、社会的期望和十八洞百姓的盼望。

与此同时，十八洞村回来的青壮年们接过了老一辈的火炬，有些担任村干部，有些管理合作社，有些协办旅游公司……他们中，很多是党员。我们清晰地看到，在十八洞的精准扶贫大业中，党员们扛起了先锋大旗，冲锋在前，吃苦在前。

除此之外，还有很多。由于我们的采写能力和写作水平终究有限，恐不能挖掘十八洞深刻意义之万一。但我们在竭尽所能地表达和书写。本书写作过程中，得到了湖南省扶贫办，湘西州扶贫办的帮助，得到了湖南省报告文学学会常务副会长兼秘书长纪红建的诸多指导，得到了湖南教育出版社的大力支持，在此一并感谢。

"你们若是来了，我带你们到周围看看。不只十八洞美哩，现在在十八洞周边，还有很多很多的村庄都很美哩。"十八洞村现任扶贫工作队队长、双龙镇镇长麻辉煌的话总是回绕在我们耳畔。

完成书稿初稿的时候正是新冠肺炎疫情防控阻击战取得重大战略成果的 3 月，湖湘大地呈现出繁花似锦的万千气象，而我们，确实也想回到十八洞去看看——不是去采访精准扶贫的故事，而是仅仅去看看美景，与村民们说说话、拉拉家常，听听阳光下嫩叶抽条的声音，看看精准扶贫广场上叽叽喳喳的喜鹊在枝头跳跃的身影。

编著者简介

主编：刘伟

高级编辑、光明日报社原副总编辑，中南大学中国村落文化研究中心教授，太和智库高级研究员。曾任人民日报社西藏站、山西站负责人，新华社西藏分社、山西分社社长，新华社人事局局长。出版小说集《等待蓝湖》、长篇散记《苍茫西藏》、长篇纪实《十一世班禅坐床记》等多部作品。

副主编：纪红建

文学创作一级，中国报告文学学会理事、青年创作委员会副主任。著有长篇小说《家住武陵源》，长篇报告文学《乡村国是》《哑巴红军传奇》等二十余部。获第七届鲁迅文学奖、第十五届精神文明建设"五个一工程"特别奖、第二届"茅盾文学新人奖"等，系中宣部"宣传思想文化青年英才"。

作者：杨丰美

中国报告文学学会会员，湖南省报告文学学会副秘书长，长沙市作协报告文学专业委员会副主任兼秘书长。出版长篇报告文学《先声》、《世界屋脊的光芒》（合著）等多部作品。获

2019 年度中国版协 30 本好书奖、长沙市"五个一工程"奖等，作品《鲲鹏击浪从兹始》入选《2019 年中国报告文学年度选本》。

作者：曾小颖

红网新媒体集团编辑中心副主任，长期从事扶贫新闻报道，曾获中国新闻奖、湖南新闻奖，出版《100 个人的"中国梦"》（合著）等作品。

作者：彭广林

副教授，吉首大学文学与新闻传播学院副院长，中国新闻史学会理事，湖南省新闻传播学会常务理事，入选"湖湘青年英才"计划。

本书图片除另行署名者外，均由中共花垣县委宣传部、视觉中国提供；"十八洞的笑脸"部分图片由李健、李罗庚摄影。

图书在版编目（CIP）数据

十八洞启航/杨丰美，曾小颖，彭广林著. —长沙：湖南教育出版社，2020.6
（十村记：精准扶贫路 / 刘伟主编）
ISBN 978 - 7 - 5539 - 7565 - 8

Ⅰ.①十… Ⅱ.①杨… ②曾… ③彭… Ⅲ.①报告文学—中国—当代
Ⅳ.①I25

中国版本图书馆 CIP 数据核字（2020）第 094778 号

十村记：精准扶贫路——十八洞启航

SHI CUN JI：JINGZHUN FUPIN LU——SHIBADONG QIHANG

杨丰美　曾小颖　彭广林　著

总 策 划	黄步高　刘新民　黄永华　徐　为
策　　划	杨　宁
出版统筹	杨　宁　徐夏楠
责任编辑	丁泽良　杨　宁
装帧设计	肖睿子
责任校对	王怀玉
出版发行	湖南教育出版社（长沙市韶山北路 443 号）
网　　址	www.hneph.com
微 信 号	湖南教育出版社
电子邮箱	hnjycbs@sina.com
客服电话	0731 - 85486727
经　　销	湖南省新华书店
印　　刷	湖南省众鑫印务有限公司
开　　本	710 mm×1000 mm　16 开
印　　张	17.5
字　　数	200 100
版　　次	2020 年 6 月第 1 版
印　　次	2020 年 6 月第 1 次印刷
书　　号	ISBN 978 - 7 - 5539 - 7565 - 8
定　　价	70.00 元